20대 여성, 멋스럽고 당당한 나를 키워라

20대 여성, 멋스럽고 당당하게 나를 키워라

초판 1쇄 발행 / 2005년 1월 10일
지은이 / 시모쥬 아키코
옮긴이 / 오희옥
발행처 / 지혜의나무
발행인 / 이의성
등록번호 / 제1-2492호
주소 / 서울 종로구 관훈동 198-16 남도빌딩 3층
전화 / 02-730-2211, 팩스 02-730-2210

ISBN 89-89182-28-X 03830
ISBN 89-89182-27-1 (세트)

20대 여성,

멋스럽고 당당한 나를 키워라

시모쥬 아키코 지음 | 오희옥 옮김

지혜의나무

chapter *4* 보다 즐거운 삶을 위한 라이프스타일 찾는 법

20대—'나다운 삶'을 결정한다

20대에 기초를 다진다

여성들의 삶을 들여다보면 똑같은 '20대'라도 시대마다 조금씩 다르다. 요즘 20대와 10년 전의 20대, 20년 전의 20대는 모두 분명히 다르다. 뿐만 아니라 20대의 변화는 30대, 40대의 변화보다 훨씬 변화무쌍하고 그 변화양상이 뚜렷하다.

나는 10년 전에 『흔들리는 스물네 살』이라는 책을 출간했고, 그 뒤 10년이 지나 『스물네 살의 마음 그리기』라는 책을 출간했다. 두 권 모두 스물네 살을 전후한 여성들과 무릎을 맞대고 취재하여 펴낸 책으로, 20대 여성들의 속마음이 그대로 반영된 책이다. 최근 10년 동안 두드러진 변화 가운데 하나를 꼽는다면 현대의 20대 여성에게는 비통함이 없다는 것이다.

10년 전의 여성들은 스물네 살을 전후한 나이가 되면 결혼적령기라고 해서 구속을 받았다. 직장에 다니고 있더라도 일에 전념하지 못하고 결혼과 일 중에서 한 가지를 선택해야만 했다. 게다가 당시 여성들은 결혼하면 전적으로 남편에게 맞추며 살아야 한다고 생각했기 때문에, 자신들의 인생은 결혼하기 전까지라고 생각했다. 따라서 결혼하기 전까지 필사적으로 해외여행을 가거나 연애를 해서라도 추억거리를 만들고자 했다. 당시 20대는 처절하다 싶을 정도로 '비통함'으로 가득 치 있었다.

그렇기 때문에 스물서너 살만 되면 누구나 인생의 벼랑 끝에 선 듯 피곤한 표정이었다.

결혼한 후에는 남편을 위해 살아야 한다고 생각하는 여성이 많았고, 여성의 사회진출도 요즘처럼 활발하지 않았다.

10년 전과 비교하면 최근 스물네 살을 전후한 여성들에게서는 그런 비통함 같은 것은 전혀 찾아볼 수 없다. 도시에서는 스물예닐곱 살에 결혼하는 사람이 많고, 게다가 결혼과 일 중에서 어느 한 가지를 선택해야 하는 상황도 아니다. 결혼과 일을 모두 선택해도 좋고, 결혼하고 싶지 않으면 하지 않아도 상관없다. 결혼을 다양한 선택 중의 하나로 이해하고 있고 실제로 자신의 앞에 놓인 많은 길 가운데서 어느 것이든 선택할 수 있는 시대가 된 것이다. 지금은 선택할 수 있는 길이 아주 많다.

요즘은 여성에게 좋은 시대처럼 보인다. 결혼하기 전에 무엇인가를 하려고 애쓰지 않아도 되고 예전처럼 비통함을 느낄 필요도 없다. 무엇인가를 하려고 애쓰는 것이 오히려 촌스럽게 여겨질 정도여서 대부분이 단지 가볍게 흘려버리고 변화를 쫓아가는 것이 편하다고 생각한다.

그러나 가볍게 변화만 쫓다 보면 정신을 차렸을 때는 내면적인 성숙은 고사하고 많은 것을 잃고 후회할 수도 있다.

여성들에게 좋은 세상처럼 보이는 요즘 세상은 경우에 따라서는 위험한 시대이다. 자유만큼 무서운 것은 없다. 자신을 응시하면서 자신을 성숙하게 키워가겠다고 생각하지 않으면 점차 시대의 흐름에 휩쓸려가고 말 것이다.

다른 사람을 흉내 내면서 단지 세상의 변화를 쫓아가기만 한다면, 20대는 눈 깜짝할 사이에 지나고 만다. 촌스럽게 생각되더라도 이따금 멈춰 서서 자신을 돌아보고 지금 이 시기가 중요하다고 스스로에게 타이르면서 다른 사람들과 또 다른 자신만의 인생을 만들어가는 것이 어떨까 생각해본다. 기초가 튼튼하지 않으면 그 위에 아무리 좋은 것을 쌓아도 오래가지 못한다.

20대는 기초를 만드는 시기이다. 다양하게 바꾸어보고 시행착오를 하면서 자신만의 확고한 기초를 다지기 위해 무엇을 해야 할지 생각해보았으면 한다.

남들과 다른 자신을 찾아라

20대의 출발점은 성인식이다. 성인이 되면 성숙한 한 사람의 인간으로 사회에서 인정받는다.

술과 담배가 허용되고 연애와 결혼도 자유다. 성인이 되면 이런 표면적인 현상에 이끌리기 쉽지만, 그 뒤편에는 '책임'이 숨겨져 있다는 사실을 잊어선 안 된다.

나도 이따금 성인식에 나가 강연을 할 때가 있다. 참가자 중에는 이미 직장생활을 시작한 사람도 있고 학생도 있다. 고등학교, 중학교, 초등학교 시절의 동창생이 오랜만에 만나는 자리이고 보니 대부분의 식장은 동창회 분위기가 연출된다. 삼삼오오 즐거운 듯 이야기를 나누고 식이 끝나면 무리를 지어 식장을 떠난다.

성인식에서 여성은 대부분이 후리소데(일본 고유의상 중에서 미혼여성들이 입는 외출복으로 소매의 폭이 넓다-옮긴이) 차림이고 남성은 양복 차림이다. 성인식이 부모에게 후리소데를 선물 받는 때라고 생각하는 사람도 있다고 하지만, 그 말을 증명이라도 하듯 식장은 다양한 후리소데 차림을 한 사람들로 가득하다. 자세히 보면 후리소데는 하나하나 무늬가 다르고 그것을 입은 사람의 얼굴도 모두 다르지만 모두 똑같이 보인다. 그 이유는 무엇 때문일까. 이상하게도 한 사람 한 사람의 개성은 어디에서도 찾아볼 수 없다.

그렇다고 눈에 띄는 것이 좋다는 말은 아니다. 그러나 "모두가 입으니까 나도 입는다"는 생각은 센스가 풍부한 요즘 여성답지 않아 아쉬움이 남는다.

어른이 되는 지금부터는 모두와 같은 것보다, 어디든 모두와 다른 것을 시작해보는 것은 어떨까 싶다. 개인적으로 처음부터 다른 사람들과 똑같아지려는 모습을 보면서 앞으로 어떤 인생을 맞게 될지 걱정이 앞선다. 무슨 일이든 처음이 중요하다. 무언가 남들과 다른 자신을 만들어보았으면 싶다.

내가 성인이 된 시대의 성인식은 관청에서 붉은 떡과 흰 떡을 받는 것이 고작인 아주 간소한 행사였다. 그 때 나는 성인식에 참석하지 않았다. 왠지 부끄러웠고, 관공서나 주변에서 '당신은 이제 성인이다'라고 말하는 것에 반발심 같은 것이 느껴졌었기 때문이다. 좋든 나쁘든 그 반발심이 내가 남들과 다른 점이었다고 생각한다.

나는 위에서 결정하는 일을 거부감이 느껴지면 느껴지는 대로 나 자신의 느낌과 생각에 충실하게 살고 싶다. 이것이 내가 사는 방식이다.

물론 자신에게 충실하게 사는 것이 갑자기 되는 일은 아니다.

나는 감수성이 예민한 중학생과 고등학생 시절에 키워졌던 생각을 스무 살이 되어 다시 한 번 확인했을 뿐이다.

옷차림과 관련된 것으로 기억에 남는 일은 대학 졸업식에 하카마(일본고유의상의 하나로 주름이 있는 하의-옮긴이)를 입었던 일이다. 요즘은 졸업식에서 하카마를 입는 것이 유행이지만, 당시에 하카마를 입은 사람은 나 혼자뿐이었다. 그 당시에도 나는 어떤 형태로든 내 생각을 주장하고 싶었다.

그리고 성인식의 연단에 서서 생각하는 것이 또 하나 있다. 잘 차려입고 성인식에 모인 사람들은 강사의 말 따위에는 귀를 기울이지 않는다는 것이다. 나도 젊었을 때에는 강사의 말에 귀를 기울이지 않았던 터라 그 기분을 모르는 것은 아니지만, 강사의 입장이 되고 보니 조금 더 열심히 들어주었으면 하고 생각하게 된다. 그런데 그것보다 더 심한 것은 강연중에 태연하게 일어서서 나가거나 소곤거리면서 이야기하는 사람들이다. 어른이 된다는 것은 상대방의 입장을 인정할 줄 아는 사회인이라는 의미도 담겨 있다. 따라서 사회인으로서 우선은 예의를 지키는 일도 중요하다.

다만 강사 중에도 "요즘 젊은이" 운운하며 장황하게 설교를 늘어놓아서 젊은 사람들이 받아들이기 거북한 말을 하는 경우도 없지 않다. 그러나 그렇다고 해서 젊은 사람들의 마음에 거슬리지 않는 말만 할 수도 없는 노릇이다.

최근에는 젊은 사람들에게 인기가 있는 연예인을 강사로 초대하는 것이 유행이라고 하는데, 한치 앞을 내다보지 못하는 요즘 시대에 걸맞은 처사라고 생각한다.

20대 여성이 기성세대에 반발심을 느끼는 것은 당연하지만 단순히 반발심을 느끼는 것보다 대립되는 의견이나 생각이 있다는 사실을 아는 것이 더 중요하다. 자신들의 귀에 거슬리지 않는 말만 받아들이려는 것은 문제가 아닐 수 없다.

세상에는 다양한 의견과 다른 생각이 있기 때문에 좋은 것이다. 그 차이를 오히려 소중히 여길 때 비로소 어른이 되는 것은 아닐까. 스무 살을 경계로 해서 성인이 되면 자신과 다른 사람의 차이를 인정하고 그것을 발전시킬 필요가 있다. 또한 다른 사람들의 특징도 인정할 줄 알아야 한다.

친구가 갖고 있다고 해서 자신도 같은 것을 가지려고 해선 안 된다. 친구가 샀다고 해서 같은 것을 사는 것도 그렇다. 자신이 존재하는 것은 타인과 다르기 때문이다. 그 점을 이해하지 않고 아무런 생각 없이 분위기에 휩쓸려서 시간을 보내는 사이 20대는 지나고 만다.

어쨌든 20대는 변화가 심하다. 일생 중에서 환경의 변화가 가장 큰 것이 20대이다.

우선 학교를 졸업하여 사회인이 되고 취직과 연애, 결혼, 출산, 육아 등을 경험하기도 한다. 그 하나하나를 다른 사람의 잣대로 재고 다른 사람과 같은 것을 하려고 한다면 후회하는 것은 불 보듯 뻔하다.

다른 사람의 흉내를 내면서 변화에 뒤쳐지지 않도록 하는 데에만 신경 쓰고 분위기에 맞춰 따라 가다보면, 정신을 차렸을 때는 이미 30대를 바라보게 될 것이다.

변화가 많은 시기이기 때문에 반드시 자신의 입장에서 "나는 이렇게 생각한다." "이것은 내게 맞지 않는다" 라고 하나하나 선택할 필요가 있다.

인생은 크고 작은 다양한 선택의 연속이다. 자신이 어떤 준비를 하여 선택했는가, 그 선택의 결과가 30대, 40대에 나온다. 20대는 그 이후의 확실한 선택을 위한 기초를 만드는 시기이다.

물론 실패나 시행착오도 많겠지만, 실패하거나 방황하더라도 되돌릴 수 있는 것이 20대이다. 충분히 방황하면서 실패를 겁내지 말고 하고 싶은 일을 해보자.

실패나 좌절이 있기 때문에 청춘이다. 청춘영화에서 보듯 반짝반짝 빛나는 나날만 계속되는 것이 아니다.

사람들의 성격을 보면서 흔히 천성이 밝다거나 어둡다는 말을 하지만, 성격이 밝기만 한 사람은 바보나 다름없다. 성격이 밝은 듯 보이는 사람의 내면에도 반드시 어두운 부분이 있기 마련이다. 인간을 단순히 밝은 성격과 어두운 성격으로 이분할 수는 없다. 사람은 모두 다르고 모든 사람은 밝은 부분과 어두운 부분이 섞여 있다.

나의 20대─앞뒤 재지도 않고 자유롭게 열심히 살았다

나는 열여덟 살에 대학에 입학했고 대학을 졸업한 것이 스물두 살이다. 그렇기 때문에 어른이 되었다는 느낌은 스무 살에 치른 성인식보다 스물두 살에 대학을 졸업하고 사회인이 되었을 때가 더 실감이 났다.

당시만 해도 4년제 대학을 졸업한 여성을 채용하려는 회사는 거의 없었다. 취업과에 모집안내문이 들어온 것은 방송국의 아나운서 자리 단 하나였다. 그것이 인연이 되어 NHK에 입사하게 되었는데, 입사 후에 바로 나고야로 전근발령이 났다.

나고야에서는 기숙사에서 생활하면서 혼자 힘으로 생활했다. 가족과 친구들과 떨어져서 정신적으로 적응하기 쉽지 않은 환경이었지만 그런 어려움을 털어놓을 만한 말상대도 찾지 못한 채

그럭저럭 혼자 모든 것을 해결해 가야만 했다.

순식간에 2년이 지나갔다. 다시 도쿄로 돌아오게 되었지만 그 후로 더욱 바쁜 일상에 내몰렸다.

처음부터 좋아서 선택한 직업이 아니었기 때문에 좋고 싫은 것을 말할 틈이 없었다. 위에서 떨어진 지시가 나에게 맞지 않았던 때는 싫은 생각도 들었지만 어쨌든 지시에 따랐다. 물론 아나운서 일을 하는 틈틈이 기본적으로 차 심부름 같은 잡일도 해야 했다. 할 일이 너무 많아서 불평을 쏟아놓고 싶을 때도 있었지만 필사적으로 바쁜 일과와 싸우며 보냈다.

나는 개인적으로 인생을 살면서 한번쯤 자신을 잊고 몰입하는 시기를 가져보는 것도 좋다고 생각한다. 자신의 목적과 다르더라도 싫고 좋은 것을 떠나 어떤 무엇인가를 위해 매진하는 것은 아주 중요하다.

예를 들면 곁에서 보기에 화려해 보이는 영화감독이나 방송국의 PD, 카메라맨이나 아나운서도 젊을 때는 잡일을 도맡아 한다. 그런 일을 해내지 못하는 사람이나 그런 과정을 견뎌내지 못하는 사람은 그 일에서 꽃을 피울 수 없다.

'젊어 고생은 사서도 한다'는 말이 있다. 실제로 젊을 때는 체력이 받쳐주기 때문에 힘든 일도 견딜 수 있다. 젊을 때부터 편한 일만 하려고 하거나 조금이라도 마음에 안 든다고 도망치려고만 해선 일을 해낼 에너지가 모아지지 않는다.

자신이 목적하는 곳에 두달하기 위해서는 엄청난 정신적 육체적 에너지가 필요하다. 그것을 쌓아가는 것이 20대다. 20대에 핀 꽃은 대개의 경우 오래가지 못한다. 지금은 물을 주며 싹을 틔워야 하는 시기라고 생각하고 결과를 서두르지 않도록 자신과 대화하면서 인내할 줄 알아야 한다.

아직 인생의 시작에 서 있을 뿐이기 때문에 묵묵히 힘을 모아두었으면 싶다. 결과는 자연히 나온다. 결과를 빨리 얻으려고 초조해해서는 안 된다.

자신이 하고 싶은 일을 20대에 찾을 수 있을까. 내 경험에 비추어 말하면 그것은 단정하기 어렵다. 많은 시행착오와 우여곡절을 겪은 후에 비로소 정말로 자신이 할 일을 찾기 때문이다.

고등학교를 갓 졸업하고 혹은 대학이나 사회인으로 첫발을 내딛는 이른 시기에 자신의 목표를 세우는 사람들이 있지만, 그것 하나로 단정 짓는 것은 옳지 않다.

결국 그것이 자신을 옭아매는 결과가 되기 때문이다. 확실히 알지 못해도 더듬어서 찾아간다면 자연히 보일 것이다. 아직 시간은 충분히 있으니까.

자신에게 맞는가 맞지 않는가를 놓고 따져보아도 스스로 판단하기는 쉽지 않다. 그뿐 아니라 자신에게 맞지 않는다고 생각하는 일이 타인이 볼 때는 의외로 그 사람에게 맞는다고 생각하는 경우도 많다.

나도 20대에는 나에게 아나운서라는 직업이 맞지 않는다고 계속 생각했었다. 하지만 다른 사람들은 나에게 아나운서가 맞는다고 생각했던 것 같다.

확실하게 자신의 길을 결정하기 위해 준비하는 것이 20대이다. 운전면허증을 따기 위해 공부해본 사람이라면 알고 있을 것이다. 차가 움직이기 위해서는 엔진이 '흡입, 압축, 폭발, 배기'의 순서를 거친다. 20대는 흡입하는 시기이다. 자신의 내부에 필요한 것을 마음껏 넣어두길 바란다.

chapter 1

더 좋은 여자가 되기 위한 진짜 사랑

진심으로 빠져들지 못하기 때문에
'이 사람'이라고 결정하지 못한다

1

왜 "사랑에 빠지지 못 하는가"

'애인은 있어야지'!?

노래나 소설만 보더라도 사랑을 테마로 한 것은 아주 많다. 사람들은 소설을 읽거나 노래를 부르면서 사랑을 동경한다. 누구나 사랑의 첫 단계는 그런 정도가 아닐까.

요즘은 텔레비전의 영향 때문인지 어린 아이들도 남자친구, 여자친구가 있고, 심지어는 애인까지 있어서 '○○○를 좋아한다'

는 말을 서슴없이 한다. 그뿐인가. 발렌타인데이에는 빠짐없이 초콜릿을 선물한다.

연애 흉내를 내는 요즘 세태는 그렇다 치고, 20대인 당신에게 묻고 싶다.

"사랑을 해 본 적이 있습니까?"

대부분이 yes라고 대답할 것이다. 하지만 그 가운데 진짜 사랑을 경험한 사람은 몇 퍼센트나 될까. yes라고 대답한 사람 가운데는 스무 살이 넘은 나이에 연인이 없다는 것을 비참하다고 생각해서 그렇게 대답한 사람도 있을 것이다. 연인 같은 남성과 데이트를 하고는 있지만 아직 사랑이라고 말할 정도는 아닌 사람도 많다. 아직 진짜 사랑을 해본 적이 없는 사람도 있을 것이다.

나도 20대 초까지만 해도 진짜 사랑을 알지 못했다. 물론 중학교 때부터 동경하거나 좋아했던 사람이 있었고, 고등학교 때도 매일 붙어 다니던 남자친구가 있었지만 애인과 비슷한 것일 뿐 진짜 사랑은 그때까지도 알지 못했다.

대학을 졸업하고 취직하여 나고야로 전근했을 때, 나는 주임 아나운서에게 불려가 이런 질문을 받았다.

"시모쥬 씨, 애인 있습니까?"

그때 나는 놀랍게도

"네."

라고 대답했었다. 남자친구는 몇 명 있었지만 진심으로 사랑하는 사람은 없었고, 그렇다고 특별히 사귀는 사람이 있었던 것도 아니다. 내가 그렇게 대답했던 것은 단순히 남의 눈을 의식해서였다. 솔직히 그때만 해도 연인이 없는 것은 비참한 일이라고 생각했었다.

젊을 때는 이처럼 멋있게 보이는 일이 몇 가지 있다. 친구가 연인과 함께 즐거운 듯 걷고 있다고 하자. 그러면 초조한 마음에 또래들에 뒤쳐질 새라 우연히 옆에 있던 친구를 연인으로 둔갑시킨다. 그 당시 나도 그랬다.

함께 영화를 보거나 식사를 하고 섹스를 하는 상대가 모두 연인이라고 말하기는 어렵다. 그런 것은 눈에 보이는 현상일 뿐이다. 사랑은 눈에 보이지 않는 마음속의 일이다.

나도 함께 놀아주는 상대를 연인이라고 착각하고 주임 아나운서에게 yes라고 대답했던 것이다. 하지만 그것이 거짓이라는 사실은 누구보다도 자신이 더 잘 안다.

아무쪼록 친구와 연인을 혼동하지 않기 바란다. 사랑은 어느 날 갑자기 전혀 생각지도 못하는 순간에 눈앞에 나타난다. 그리고 그 때부터 즐거움보다는 미칠 듯 괴로운 나날이 이어진다.

'사랑에 빠진다'—나는 이 말을 아주 좋아한다. 사랑에 빠져 본 사람은 행복하다. 사랑에 빠진다는 것은 아무런 이해타산 없이 자기 자신을 내던지고도 그 사람을 생각하는 마음이다.

내 경우, 그 계기는 대학교 3학년 때 찾아 왔다. 당시 음악대학에 다니던 남자 친구가 있었는데, 그 친구의 졸업연주회에 초대를 받아 갔을 때였다. 연주회장 객석에 앉아서 무대 위의 4중주 연주자 가운데 한 사람을 본 순간, 나는 말로 표현할 수 없는 충격을 받았다.

"이 사람이야! 이름도 모르지만 이 사람은 틀림없이 나와 인연이 있어."

그 순간 나는 첫눈에 반했다. 하지만 상대방은 나의 존재를 전혀 알지 못했기 때문에 나는 그 사람에 대한 내 생각을 마음속에 담아두었다. 물론 이야기를 나눈 적은 한번도 없었다. 그런데 나고야에서 아나운서를 하고 있을 때, 놀랍게도 그 사람이 방송출연자로 내 앞에 나타난 것이다. 나는 그날 밤 그와 함께 식사한 것을 계기로 한때는 매일 만나다시피 했고, 그 후 10년 가까이 그에게 빠져서 즐겁고도 괴로운 나날을 보내야 했다.

그를 만나지 않는 날이면 만나고 싶다는 마음이 더욱 간절했다.

하지만 상대방의 일을 생각하면 만나고 싶다는 말도 꺼내지 못하고 혼자 괴로워했다. 너무나 깊이 사랑에 빠진 탓에 만나더라도 긴장해서 자유롭게 행동하지 못하는 나 자신이 안타깝기만 했다. 그 어느 쪽도 즐거운 만큼 괴로웠다.

함께 있고 싶은 마음은 있었지만, 결혼이라는 형태로 나의 사랑을 일상화하는 것이 싫었다. 너무나 사랑했기 때문에 결혼이라는 현실에 매이고 싶지 않았던 것이다. 일도 재미있던 시기였고, 나는 나 자신을 표현할 수 있는 일을 계속 하고 싶었다.

상대방은 그런 내 생각을 존중해주었지만, 결혼상대자로는 맞지 않는다고 생각했던 모양이다.

그 남자는 열아홉 살 난 여성과 결혼을 했고 결국 나는 실연당했다. 솔직히 결혼을 하고 싶었던 것은 아니지만 그가 내 앞에서 사라진다는 것은 생각할 수 없었다.

그 후 3년 정도 나는 얼마나 힘든 나날을 보냈는지 모른다. 하지만 결과가 어찌 되었든, 사랑에 빠졌던 것이 다행이라고 나는 언제나 생각한다. 두 번 다시없을 정도로 사랑했던 그 사람을 만났다는 사실에 감사할 따름이다. 그 사람이 없었다면 나는 진짜 사랑을 몰랐을지도 모른다. 아니 어쩌면 사람을 사랑하지 못하고 일생을 마쳤을지도 모른다.

나는 그 후로는 그때처럼 순수하게 사람을 대하지 못한다. 지금 생각해도 그때 나는 눈물이 날 정도로 좋은 사람이었다. 계산적이지도 않았고, 자의식도 버린 채 단지 그 사람만을 생각했었다. 그런 시기가 있었던 것이 다행이라고 지금도 마음속으로 생각한다.

누군가를 사랑해본 적도 없고 진짜 사랑을 한 적도 없는 인생만큼 슬픈 일은 없다. 적당히 놀 상대가 있다거나 조건이 좋은 결혼 상대가 있다는 것과는 차원이 전혀 다르다. 자기 자신의 마음속에 좀더 깊이 뿌리내린 것, 그것이 '사랑'이다.

사랑은 이해타산이 아니다

스물네 살의 여성들을 취재했을 때 의외라고 생각했던 것은 남자 친구는 있지만 애인이 없다, 사랑하는 사람이 없다는 사실이었다.

요즘은 남녀의 교제가 자유로워져서 이런저런 듣기 싫은 말을 들을 일도 없고, 심지어 불륜조차 공공연하게 말한다. 따라서 얼마든지 자유롭게 사랑이 이루어질 것 같지만, 실제로는 오히려 사랑하기 어려운 시대이다.

너무나 자유롭고 남녀의 교제가 당연한 시대이기 때문에 그 이상으로 뜨거워지지 않는 것이다. 과거와 같이 자유롭게 만나지 못하던 시대라면 터부가 많기 때문에 오히려 그만큼 쉽게 뜨거워졌다. 만나지 못하는 처지에 놓이면 상념이 커지고 어떻게든 만나고 싶다는 마음이 간절해지기 때문이다. 하지만 언제나 어디서나 만날 수 있게 된 요즘 같은 환경에서는 뜨거워지지 않는다. 그것이 연애하기 어렵게 된 이유가 아닐까. 모든 사람과 친구가 될 수 있기 때문에 연인이 되기 어렵다. 하물며 '사랑에 빠진다'는 것은 생각하기도 어렵다.

그것과 함께 또 다른 이유는 언제든 데이트나 어떤 형태로든 현실에서 행동으로 옮길 수 있기 때문에 자신의 마음속에서 상대방에 대한 생각을 감추어둘 틈이 없다는 것이다. 자신의 내부에서 상념을 키우지 못하기 때문에 마찬가지로 마음이 달아오르지 않는다.

진짜 사랑에 빠지기 위해서는 다른 사람을 의식해서 고민하기보다 자신의 마음에 귀 기울여야 한다. 누군가를 좋아하는 자신의 감정에 충실해야 한다. 친구와 비교하면서 외적인 조건으로 상대방을 판단해서는 사랑은 할 수 없다. 사랑은 이해타산으로는 성립되지 않는다.

『혼들리는 스물네 살』을 썼을 당시, 여성들에게 추억거리가 되는 것은 연애와 해외여행이었다. 그들에게는 '스물서너 살은 여자의 적령기'라는 사회적인 제약이 따랐기 때문에 그것이 터부로 작용하여 사랑에 빠지는 경우도 적지 않았다. 실제로 내가 인터뷰한 사람 중에도 사랑에 빠진 사람이 몇 명인가 있었다. 하지만 그후 10년이 지나 출판한 『스물네 살의 마음 그리기』에 등장한 여성들 가운데는 괴롭고 힘든 사랑을 아는 사람은 별로 없었다. 어딘지 모르게 평온하게 친구로 사귀다가 결혼으로 이어지는 경우가 많았다. 본인들 스스로도 이것이 아니다 싶은 부분이 있는 것 같았지만 그 이유를 알지 못했다.

그것은 어쩌면 진짜 사랑이 아니다. 단지 "사랑 흉내"에 지나지 않을지도 모른다. 진짜 사랑을 시작할 때는 번개에 맞는 것 같은 충격적인 순간이 있고, 그것이 점차 깊어간다.

자신을 발견하는 최고의 기회

만약 당신이 자신을 버리고라도 순수하게 사랑할 수 있는 누군가를 만난다면 주저하지 말고 그것을 향해 앞으로 나아가길 바란다. 설사 장해가 있더라도 그것은 사랑을 불태우기 위한 수단일 뿐이다. 장해가 있다고 해서 시작도 하지 않고 그 사랑을 포기한다거나 바보처럼 결혼만을 목적으로 하는 일은 없었으면 한다.

사랑을 할 때만큼은 현명해지려고 하지 않아도 된다. 자신에게만 정직하면 된다. 그렇게 함으로써 자신의 참모습을 발견할 수 있다 사랑은 자신을 발견하는 최고의 기회이다.

진짜 사랑은 함께 드라이브를 하거나 근사한 식사를 하는 것으로 끝나는 것이 아니다. 때로는 개운하지 않은 자신의 기분과 마주할 때도 있고, 일상에서는 생각할 수 없을 정도로 냉정함을 잃거나 혹은 광기에 사로잡히기도 한다. 그런 모든 것이 자기 자신이다. 연인을 거울로 삼으면 정직한 자신의 모습을 볼 수 있다.

진짜 사랑에 빠지기 위해서는 다른 사람을 의식해서 고민하기보다 자신의 마음에 귀 기울여야 한다. 누군가를 좋아하는 자신의 감정에 충실해라. 친구와 비교하면서 외적인 조건으로 상대방을 판단해서는 사랑은 할 수 없다. 사랑은 이해타산으로는 성립되지 않는다.

2

실연의 상처가 당신을 부드럽게 만든다

진지한 사랑은 '소중한 과거'

어느 누구든 실연을 경험하고 싶어 하는 사람은 없다. 원하는 사랑을 이루고 해피엔딩이 되면 좋겠지만, 그것은 생각만큼 쉽지 않다.

주변을 둘러봐도 A는 B를 사랑하지만 B는 C를 사랑하고, 그리고 C는 D를 사랑하는 경우가 많다. 자신에게 마음을 주는 사람을 사랑하면 좋겠지만 이상하게도 다른 사람에게 매력을 느낀다. 서로를 생각해주고 사랑하는 것은 여간해선 쉽지 않고, 실연을 당하는 일이 훨씬 많다. 주위 사람들에게 인기가 있는 사람도 정작 자신이 좋아하는 사람에게는 눈길 한번 받지 못해서 남모르게 고민하는 경우도 있다. 사랑은 숫자가 아니다. 단 한 사람이 문제이다. 그것을 대신할 수 있는 것은 어디에서도 결코 찾을 수 없다.

하지만 사랑이 성공적으로 이루어졌다고 해도 그것이 전부가 아니다. 사랑이 이루어지면 그것을 당연하게 여기기 때문에 상대방에 대한 관심이 점차 식어간다. 반대로 실연을 당하면 상대방을 더욱 잊지 못한다. 사랑은 그래서 괴로운 것이다.

잃어버린 것은 무엇이든 미련이 남고 이상하게도 눈에 더 잘 들어온다. 가령 자신이 사려고 찜해두었던 옷이 팔렸을 때의 안타까운 마음이란 이루 말할 수 없다. 하물며 그 대상이 사랑하는 사람이라면 간단히 잊혀지지 않는 것은 당연하다.

내가 만난 20대 여성들 가운데도 진지한 사랑을 해본 사람은 지금까지도 크든 작든 과거에 사랑했던 사람의 그늘을 갖고 있었다.

결혼할 상대를 만나 이미 몇 차례 데이트를 했다는 어떤 여성은 자신이 사랑했던 남성과 어딘가에서 우연히 만날 수 있기를 마음속으로 바란다고 했다.

그리고 또 다른 여성은 옛 연인과의 사이에서 임신중절을 경험했던 일을 여전히 마음속에 담고 있었다.

컴퓨터 프로그래머가 직업인 또 다른 여성은 근무중에 헤어진 남자를 생각하다가 번번이 실수를 한다고 했다.

이렇듯 옛 연인에 대한 기억은 스스로는 잊었다고 생각할지라도 결코 잊혀지지 않는다.

그리고 그들에게 공통된 점은 실연한 상대가 좋은 사람이 아니라, 오히려 어딘가 나쁜 구석이 있는 사람이라는 것이다. 가요의 노랫말 중에,

'당신은 정말 좋은 사람이에요, 하지만 단지 그것뿐이죠.'

라는 가사가 있다. 좋은 사람은 사귀기는 쉽지만 왠지 매력이 없다. 고민거리를 이야기할 상대로는 좋지만 여자는 그런 사람에게 반하지 않는다. 반하는 상대는 왠지 차갑게 보이거나 허무적이거나 어딘지 모르게 좋은 사람과 다른 분위기를 풍긴다. 건전해 보이고 성격이 밝은 남자는 더욱 매력이 없다. 여자들은 그렇게 손쓸 수 없는 남자들에게 반하는 것 같다.

은행에서 근무하는 여성의 경우, 사랑한다고 믿었던 상대방에게 이용당하는 일이 종종 일어난다. 그들은 은행의 돈을 유용하도

록 이용된 뒤에 버려진다. 사랑에 속아 범죄를 저지르고 복역까지 해야 하는 처지를 생각하면 정말이지 안타까운 일이 아닐 수 없다. 하지만 사랑도 모르고, 사랑에 빠지는 것이 어떤 것인지도 모르는 사람에 비하면 그녀는 어떤 의미에서는 행복한 사람이 아닐까.

상처는 깊겠지만, 그 일이 그녀를 몇 배는 성숙시킬 것이라고 나는 믿는다.

실연도 득이 될 수 있다

실연을 당하면 대부분 마음에 상처를 입는다. 상처받은 마음을 회복하기까지는 많은 시간이 필요하다. 하지만 그 상처가 당신을 부드럽게 만든다. 주변 사람들의 아픔과 슬픔을 이해할 수 있게 되기 때문이다. 반면에 상처를 받아본 적이 없는 사람은 인생의 깊이를 잘 알지 못한다.

특히 엘리트 중에는 자신의 출세 밖에 생각하지 않는 사람들도 있다. 그런 사람들은 사회에 나가서 조금이라도 실패하면 좌절을 극복하지 못하고 자살을 꿈꾼다.

좌절을 경험하지 않은 사람은 타인의 마음이나 아픔을 잘 이해하지 못한다. 사람은 자신이 상처받은 뒤에 비로소 타인의 마음을 이해할 수 있게 되기 때문이다.

나도 일과 사랑이 어려움 없이 뜻대로 잘 되어가던 동안에는 다른 사람의 기분을 이해하지 못했다. 실연으로 상처를 받고 좌절한 뒤에 비로소 다른 사람이 겪는 슬픔이나 괴로움을 이해할 수 있었다.

내가 10년의 세월동안 숙명적인 사랑이라고 믿었던 그 사랑이 깨진 뒤에 나는 아주 힘든 시간을 보냈다. 타인이 알지 못하도록 겉으로는 아무렇지도 않은 듯 꾸미는 것이 나로서는 최선이었다.

그와 마지막으로 만나던 날, 그는 나를 평소처럼 집까지 배웅해주었다. 마침 장마 때였고, 장맛비가 쏟아지던 밤이었다. 자동차의 차창으로 끊임없이 빗줄기가 떨어졌다. 그 빗줄기만큼이나 내 눈에서도 눈물이 뚝뚝 떨어졌다.

나는 소리도 내지 못하고 울었다. 눈물만 계속해서 떨어졌다. 그렇게 많은 눈물이 내 안에 있었다는 사실이 믿기지 않을 정도로 방으로 들어간 뒤에도 눈물은 멈추지 않았다.

가족이 눈치 채지 않도록 나는 베개를 물고 계속 울었다. 그때 문득 '죽음'이라는 단어가 떠올랐다. 내가 사랑하는 것이 이젠 이 세상에 없다는 생각과 함께.

하지만 그런 슬픔 속에서도 짧은 순간 나는 머릿속 어디에선가 '내일은 몇 시에 일어나야 한다…'라고 일을 생각하고 있었다. 그 생각은 바로 지워졌고 다시 눈물과 슬픔이 밀려왔다. 하지만 실연의 슬픔 저편에서 내일 해야 할 일을 생각하는 나 자신을 깨닫고 나는 생각했다.

'나는 이런 상태에서도 내일 일을 생각하고 있다. 해야 할 일을 생각하고 있어. 내일 할 일을 조금이라도 생각한다는 것은 기대할 수 있는 것이 있다는 거야. 기대가 있는 동안은 살 수 있어.'

그렇게 내 자신에게 말하고 '죽음'을 머릿속에서 지워버렸다. 그리고 희미한 희망의 빛에 의지해서 나는 그 순간부터 다시 살기 시작했다.

상처는 정말이지 컸다. 태어나서 처음으로 대중가요의 가사를 듣고 눈물을 흘렸던 것도 그때이다. 미소라 히바리(한국인 2세로 일본의 국민적인 대중가수. 1946년 9살에 가수로 데뷔하여 많은 히트곡을 냈을 뿐 아니라 영화와 드라마에 출연하는 등 만능 엔터테이너로 활약, 일본국민의 많은 사랑을 받았으며 1989년 52세의 나이로 세상을 떠났다-옮긴이)의 <슬픈 술>이 마음속에 젖어들었다. 평소에는 별로 마음 쓰지 않던 친구나 지인의 진심어린 따뜻한 말들이 위로가 되었고, 스스럼없이 건네주는 말 한마디에도 눈물이 쏟아질 정도였다.

하지만 실연했다고 해서 슬픔 속에 잠겨있기만 해선 안 된다. 내 경우에는 슬픈 일이나 충격적인 사건을 전후해서 다행인지 불행인지 늘 바빴다. 나는 필사적으로 일을 했다. 일을 하고 있어서 정말 다행이라고 생각했다. 만약 바쁘지 않았다면 어떻게 되었을까.

한편으로 나는 거의 하루도 빠짐없이 밤이면 평소에 연락을 못했던 사람들을 만나거나 모임에 나갔다. 마음은 나가고 싶지 않았지만 혼자 있을 자신이 없었다.

만약 혼자가 되면 무슨 일을 저지를지 알 수 없었기 때문이다. 그래서 혼자 있지 않으려고 개인적인 시간도 애써 바쁘게 보냈다. 그렇게 바쁜 일과를 보내는 사이 서서히 실연의 아픔은 치유되어 갔다.

마음의 상처를 치유하는 가장 좋은 방법이 세월이라고 말하는 것처럼 확실히 그럴지도 모른다. 상처가 아물지 않은 동안에는 다른 생각이 파고들지 않도록 바쁜 일과 속에 묻혀 지내는 것이 가장 좋다.

가족이나 친한 사람이 세상을 떠났을 때를 생각해봐도 그렇다.

장례식이 있기 때문에 긴장의 끈을 놓지 않고 하루하루를 지낼 수 있는 것은 아닐까. 만약 시간적으로 여유가 있어서 슬픔 속에 잠겨 지낸다면 어떻게 될까….

사랑을 겁내면 행복은 잡을 수 없다

나는 실연을 극복하기 전까지 직장에서도 정말 실수가 잦았다. 그것은 기어서도 오를 수 없는 늪에 빠져 있는 것 같은 기분이었다. 몇 년이 지나 어렵게 늪에서 기어 나왔을 때 그 전까지 보이지 않던 것들이 보이기 시작했다. 다른 사람의 슬픔이나 괴로움을 나의 문제로 이해할 수 있었고, 많이 부드러워져 있었다.

사랑에 흠뻑 빠져 있었던 탓에 상처도 컸지만, 나는 그것을 결코 후회하지 않는다. 오히려 사랑을 해서 다행이었다고 생각한다. 더군다나 그 사랑은 실연으로 끝났기 때문에 언제까지고 내 가슴 속에 계속 살아 있다.

실연했을 때, 상대방을 원망해서는 안 된다. 하물며 자신을 버린 상대방이 선택한 여성을 원망한다면 도리어 원망을 사더라도 어쩔 수 없다. 원망으로 끝나면 당신이 어렵게 얻은 사랑의 가치가 사라지고 쓸모없게 퇴색된다. 멋진 사랑을 경험할 수 있게 해준 상대방의 존재에 오히려 감사하는 마음을 가져보면 어떨까 싶다. 실연을 당한 뒤 한동안은 안타까움과 슬픔으로 자신의 마음이 보이지 않을지도 모른다.

그러나 조금 시간이 지나면 차츰 자신의 마음이 보이기 시작한다.

실연을 당한 마음에 자포자기하여 좋아하지 않는 남성과 어울리고 술에 취하는 사람도 있다. 그런 기분을 이해하지 못하는 것은 아니지만, 그것은 자신을 더 비참하게 만들 뿐이다.

흘리고 싶은 만큼 눈물을 흘렸다면 더 이상 슬픔에 빠져드는 일은 그만두자. 혼자 힘들어하는 시간을 떨쳐버리기 위해서라도 바쁘게 자신의 일과에 몰입하는 것은 어떨까 생각해본다.

어떻게 지내든 그 시간은 괴롭고 힘들며 다시 일어서기까지는 시간이 걸린다. 충격은 이루 다 헤아릴 수 없다. 그렇다고 해서 실연을 두려워한다면 사랑은 할 수 없다. 몸을 사려서 안전한 곳만 찾으려고 하면 아무런 결실도 얻을 수 없다. 한두 번 실연을 당했다고 해서 기대할 수 있는 것이 아무것도 없다고 포기하지 말자. 사랑하는데 겁쟁이가 되어선 안 된다.

자신을 사랑하고 가슴 아픈 실연을 극복하면서 열심히 살아가는 사람이 넉넉한 인생을 사는 사람이다.

실연의 상처는 마음속에 묻어두고 앞으로 살기 위한 에너지로

만들어가기 바란다. 안타까움과 괴로움의 정도가 크면 클수록 에
너지는 커진다. 실연은 진지하게 사는 여자의 훈장이다.

좌절을 경험하지 않은 사람은 타인의 마음이나 아픔을 잘
이해하지 못한다. 사람은 자신이 상처받은 뒤에 비로소
타인의 마음을 이해할 수 있게 되기 때문이다.

3

괴로운 짝사랑과 헤어지는 법

말하지 않아도 생각은 반드시 통한다

짝사랑도 실연과 마찬가지로 괴롭다.

하지만 ‘실연’과 ‘짝사랑’은 엄연히 다르다. 실연은 연애를 하다가 결과적으로 사랑을 잃는 것이고, 짝사랑은 연애라는 부분이 없다. 그렇게 보면 짝사랑은 사랑이 시작되기 전 단계라고 할 수 있다.

짝사랑의 경우 자신의 마음을 상대방에게 전하지도 못한 채 혼자 속으로만 고민하는 경우가 많다. 말을 걸고 싶어도 말 한마디 걸지 못하고 마음만 겉돈다. 게다가 마음에 두고 있는 그 사람은 언제나 많은 여성들에게 둘러싸여 있어서 자신이 끼어들 여지가 없어 보인다. 포기할까….

하지만 그렇다고 해서 결론을 서둘러선 안 된다. 무슨 일이 있어도 포기하지 않는 것이 중요하다. 정말 소중한 사람이라고 생각한다면 말을 걸 용기가 없더라도 그 사람에게서 결코 시선을 떼지 말자.

내가 사랑했던 사람도 인기가 많았다. 언제나 팬들에 둘러싸여서 나를 보아줄 것 같지 않았다. 하지만 내 마음속에서 그는 한번도 떠난 적이 없다. 나도 상대방이 특별한 감정이 없는 사람이면 농담도 하고 제법 마음껏 내 할 말을 했지만, 그 사람 앞에만 서면 모처럼의 기회인데도 입을 뗄 수 없을 정도로 긴장했다.

그래서 나는 그에게는 말을 제대로 하지 못했다. 하지만 내 나름대로 내 마음을 전달하기로 결심했다. 그것은 상대방으로부터 눈을 떼지 않는 것이었다. 나는 언제나 마음속에서 그 사람을 바라보고 있었다.

생각은 반드시 통하기 마련이다. 우리는 이따금 자신에게 쏟아지는 시선을 느낄 때가 있다. 그 시선이 느껴지는 쪽으로 돌아보면 문득 자신을 보고 있던 사람의 시선과 마주치기도 한다. 그런가 하면 내가 바라보고 있던 사람이 내 쪽을 돌아보는 경우도 있다. 그것은 모두 자신을 바라보는 뜨거운 시선을 느끼기 때문일 것이다.

마찬가지로 이쪽이 호의적으로 대하면 그것이 상대방에게 전달된다. 남녀를 불문하고 동성의 경우에도 이쪽이 호의적으로 대하면 상대방도 예외 없이 호의를 갖고 대해준다. 이쪽에서 싫다고 생각하면 상대편도 그렇게 생각한다.

동성 간에도 텔레파시가 통할 정도이니 이성의 경우는 더욱 민감하다.

내가 그에게서 눈을 떼지 않았기 때문에 몇 년의 시간이 흐른 뒤에 그는 내 쪽을 돌아보아 주었다. 그것은 생각지도 못했던 일을 계기로 이루어졌다.

포기하면 안 된다. 아무것도 하지 않고 포기한다는 것은 너무 이르다. 바라보기만 해도 언젠가 생각은 통한다.

그 남자의 마음을 사로잡는 비결

누군가 마음에 둔 사람이 있다면, 전화나 편지, 발렌타인데이

초콜릿 등으로 하는 평범한 표현보다는 상대방의 마음을 확실히 잡는 작전을 스스로 궁리해볼 필요가 있다. 다만 과하지 않고 자신에게 맞는 방법이 좋다.

예전에 만난 사람 가운데 이런 사람이 있었다. 그 여성은 고교 시절에 좋아했던 사람을 줄곧 마음속으로만 그리다가 대학을 졸업한 뒤에 재회를 하여 결혼약속을 했다.

그 여성도 처음에는 짝사랑으로 시작했다.

사랑하게 된 계기는 고교시절 우연히 옆자리에 앉게 된 것이었다. 그 전까지는 그를 가까이에서 차분히 지켜본 일도 없었고 이야기를 해본 적도 없었다. 어느 날, 공부를 잘하는 그에게 수학문제를 물었던 그녀는 그가 자신 쪽을 바라본 순간, 마음속에서 '나는 이 사람을 좋아할 거야'라는 속삭임이 들려오는 것 같았다고 한다. 그 후 그녀의 마음속에는 서서히 그에 대한 사랑이 커져갔고, 졸업 즈음 그녀는 그에게 사실을 고백했다.

하지만 사귈 마음이 없다는 말로 깨끗하게 거절당했다. 그녀는 졸업을 하면 그를 잊게 될 거라고 생각했다. 그녀는 도쿄에 있는 전문대학에 입학했고, 그는 지방 대학에 입학했기 때문에 자연스럽게 헤어졌고 동창회에서 가끔 만나는 것이 고작이었다.

하지만 잊을 수가 없었다. 그러던 어느 날, 우연히 동창생에게 그가 도쿄에 왔으니 함께 만나자는 전화를 받았다. 두 사람이 식사를 하고 서로의 고민거리를 이야기하게 되면서 그녀는 다시금 자신의 감정을 털어놓았다. 그리고 그의 대학이 있는 지방으로 자연스럽게 찾아가게 되면서 두 사람은 연인 사이로 발전했다.

그 즈음 그는 대학에 들어간 뒤 이상과의 차이 때문에 고민에 빠져 있던 시기였다. 그녀가 그가 사는 지방에 가서 그의 이야기를 들어주는 사이 그도 그녀를 바라보게 되었다. 그리고 두 사람은 사귀기 시작한 것이다.

그녀는 졸업한 후, 부모에게는 비밀로 하고 그의 근무지가 있는 곳에서 동거하면서 결과가 어떻게 되든 자신의 사랑을 이루고자 했다. 결국 두 사람은 부모의 허락을 받아 결혼식을 올릴 수 있었다.

고교시절의 짝사랑에서 시작하여 7년 동안, 다른 것에 눈 돌리지 않았기 때문에 그도 그녀 쪽을 돌아보게 된 것이다.

결과에만 집착하여 서두르면 안 된다. 긴 안목을 가지고 키워가는 것도 사랑이다. 자신을 비하하지 말고 소중한 것이라면 열심히 노력해야 한다.

내 남자 친구에게 물어보니 가장 좋아했던 상대보다 가장 진지하게 열심히 지켜봐준 여자와 결혼한 경우가 훨씬 많다고 한다.

열의가 있으면 사람의 마음은 반드시 움직인다.

아무것도 하지 않고 팔짱을 끼고 기다리기만 해선 안 된다. 어떻게 되든 상관없는 것이라면 적당히 해도 되지만, 정말로 소중한 것을 얻고 싶다면 때로는 진지한 자세로 대할 필요가 있다.

사랑받고 있어도 깨닫지 못할 때가 있다

사람들은 누구나 자신이 좋아하는 사람에 관한 것이라면 일거수일투족을 살피면서 신경 쓴다. 하지만 반대로 자신을 좋아하는 사람의 호의는 무신경하다 싶을 정도로 깨닫지 못하는 경우가 많다. 그뿐 아니라 자신을 좋아한다는 사실을 알고 있더라도 차갑게 대하기 일쑤이다. 자신의 관심은 다른 사람이기 때문에 상대방의 호의를 받아들이지 못하는 것이다. 반대 입장이 되어보면 결국 자신도 다른 사람의 기분을 이해하지 못하는 사람이다.

나도 지금 생각해보면, 어떻게 그럴 수 있었을까 싶을 정도로 다른 사람에게 상처를 주었던 적이 있다.

직장생활을 시작했을 때 동료 가운데에서 나에게 호의를 갖고 대해준 남성이 있었다. 나는 그의 호의는 알고 있었지만 그에게 별로 관심이 없었기 때문에 그를 단지 동료로만 생각하고 있었다.

내 전근이 결정되었을 때, 그는 이별의 표시로 선물을 하나 주었다. 진주 브로치였다. 나는 그것을 감사한 마음으로 받았다. 하지만 그 브로치를 상자에 넣어 둔 채 달지 않았다. 그리고 시간이 흘렀다.

5년 정도 지난 어느 날, 문득 그 브로치를 달려고 상자를 열어보고는 그만 놀라고 말았다. 그 전에는 한 번도 눈여겨보지 않았던 뚜껑 쪽에 편지가 끼워져 있었던 것이다. 나는 그때까지 진주만 보고 편지는 지나치고 말았던 것이다. 그 편지에는 그의 기분이 솔직하게 적혀있었다. 답장을 바란다고 쓰여 있었지만, 답장은 커녕 그 편지가 있다는 사실조차 모르고 읽지도 않은 채 5년의 세월이 흘러버린 것이다.

내 부주의라고는 하지만, 그가 어떤 마음으로 내 답장을 기다렸을까 생각하면 미안한 마음뿐이다. 그렇다고 해서 5년이나 지나 서로 다른 길을 걸어가고 있는 상황에서 그에게 사과를 할 수도 없는 노릇이었다.

우리는 자신도 모르게 다른 사람에게 상처를 주는 경우가 있다. 가능하다면 다른 사람의 입장에서 그 사람의 마음을 이해해주는 것도 필요하다.

당신이 남몰래 누군가를 사랑하고 있는 것처럼 당신 모르게 당신을 사랑하는 누군가가 있는지도 모른다.

만약 당신이 그 사람 쪽을 돌아보는 순간이 온다면, 그 사람의 마음을 정면에서 받아주는 것은 어떨까. 그 결과 그 사람과 사귀게 되든 그렇지 않든 어느 쪽이든 상관없다. 그것은 당신이 선택할 일이다. 적어도 상대방의 기분을 이해하는 따뜻한 마음을 가졌으면 한다.

'타이밍이 맞지 않았다'는 말은 변명에 지나지 않는다

연애를 하다 사이가 틀어졌을 때, '타이밍이 맞지 않았다'는 말을 자주 한다. 물론 타이밍만 좋았다면 잘 되었을 거라고 생각되는 일이 있는 게 사실이다.

하지만 사실은 타이밍이 맞지 않았기 때문이 아니라, 서로에게 맞추지 못했던 것뿐이다.

인생에는 몇 차례 기회가 있다. 연애도 몇 차례 절호의 찬스가 찾아온다. 그 기회를 잡을 수 있는가 없는가. 지금이 기회라고 생각하고 자신이 가진 모든 열정을 쏟아 부을 수 있다면 기회를 자신의 것으로 만들 수 있다. 그때 주저해서 기회를 놓쳤다면 남는 것은 후회뿐이다. 타이밍을 맞추지 못한 것은 다른 누구도 아닌 바로 자신이다.

만약 내가 실연하기 전에 사랑하는 상대와 인생을 함께 할 각오를 했다면 타이밍을 맞추어 반드시 기회를 잡았을 것이다. '지금이다!'라고 직감적으로 알고 있었지만 그때 나는 주저했다. 일생을 함께 살 각오가 되어 있지 않았던 것이다. 그렇게 타이밍이 맞추어지지 않자 기회는 내게서 멀어졌나. 그것은 나 자신이 가장 잘 안다.

자신이 한 행위는 모두 자신에게 돌아온다. 후회하지 않도록 용기를 내서 좋아하는 사람에게 자신의 기분을 부딪쳐보자.

짝사랑, 서둘러서도 안 되지만 포기해서도 안 된다.
바라보기만 해도 언젠가는 생각이 통한다. 그 사람에게서 결코 시선을 떼지 말자.

4

남자친구가 좋다

필요할 때 의지가 되는 남자친구

연인은 없지만 남자친구는 많다고 말하는 사람이 꽤 많다. 요즘은 어렸을 때부터 남자와 여자를 구분하지 않고 키우기 때문에 자연스럽게 솔직한 이성간의 만남이 이루어진다.

하지만 여자 혹은 남자만 있는 학교를 다닌 사람들 중에는 이성과 한자리에 있으면 신경이 쓰인다고 말하는 사람이 있다. 여고

51

를 나온 내 친구도 대학에 갓 입학했을 즈음 남학생들과 어울리는 것이 어색했다고 말한 적이 있다.

당신은 주변 사람들을 의식하지 않고 솔직하게 사귀는 이성 친구가 몇 명 있는가.

내가 처음 일했던 곳은 남녀를 구분하지 않는 분위기였기 때문에 자연스럽게 남자 친구가 많았다. 처음 한동안은 호의적으로 대하거나 남달리 애정을 갖고 대해주던 사람이 시간이 지나면서 성을 초월한 좋은 친구가 된 경우도 많다.

남자친구는 두 종류가 있다. 여자를 연애 상대로만 보는 사람과 한 사람의 인간으로 보아주는 사람이다.

여자를 연애 상대로만 보는 사람은 상대 여자가 결혼하고 나면 홀연히 주변에서 사라진다.

나도 비슷한 경험이 있다. 서로 이해하고 있다고 생각했던 남성이 내가 결혼하자 이젠 흥미 없다는 표정을 지어보였던 것이다. 그때 일은 생각하면 정말 씁쓸하다. 여자로서 흥미가 있었을 뿐, 인간으로서는 인정하지 않았던 것인가 하는 생각에 맥이 빠진다.

그런가 하면 결혼한 뒤에도 오랫동안 만남을 지속하는 남자친구도 있다. 그런 사람과는 평생 만날 수 있을 것 같은 느낌이 든다.

나도 오랫동안 만나는 남자친구가 몇 있다. 그들은 나에게는 소중한 의논 상대이다.

남자는 여자와 생각 자체가 다르다. 생각지도 못했던 말을 해서 깜짝 놀라는 경우가 종종 있다. 여자친구들끼리 이야기하면 푸념을 늘어놓기 쉽지만, 남자들은 그것과 다른 자극을 준다. 그리고 평소에 특별한 일을 해주지 않지만 필요할 때 손을 내밀어준다.

나는 여러 차례 남자친구들에게 도움을 받았다.

오랫동안 근무하던 방송국을 그만두고 어려움을 겪고 있을 때 도움의 손길을 뻗어준 것은 남자친구들이었다.

여자친구들은 이야기를 들어주긴 했지만 무엇을 해주지는 못했다. 한편으로 남자친구들은 말을 하지 않더라도 상황을 살피고 말없이 일을 주거나 보이지 않는 곳에서 응원을 해주었다.

언젠가는 남자친구가 자신의 계약금을 변통해준 적도 있었는데, 그 친구들의 마음 씀씀이를 생각할 때마다 나는 좋은 친구들이 곁에 있다는 사실에 늘 마음이 든든하다.

요즘은 그 친구들의 가족과 함께 만나는 자리를 만들곤 하는데, 함께 식사를 하거나 이야기를 나누면서 즐거운 시간을 보내고 있다.

특정한 사람만으로는 시야가 좁아진다

여성은 사귀는 사람이 있으면 다른 남자는 만나지 않는다. 그렇게 결혼을 하고 가정으로 들어가면 그 사람에게 남성은 남편뿐이다.

나에게 남편은 남자친구들 가운데서 가장 친한 친구이다. 내 경우 남편과의 인연은 친한 술친구의 연장이었다. 나는 믿을만한 남자친구가 남편뿐이라고 생각하면 왠지 허전하다. 그 이유는 남편의 의견뿐 아니라 많은 사람을 만나서 그들에게 많은 이야기를 듣고 싶기 때문이다.

여자가 결혼한 뒤에도 일을 계속하면 가정과 다른 세계를 접할 기회를 가질 수 있고, 많은 사람들을 만나고 친구도 사귈 수 있다. 직장동료나 친구들과 보내는 시간은 남편과 함께 하는 시간과 또 다르다.

한편 남편(또는 연인이라도 좋다)밖에 없는 사람은 점차 시야가 좁아진다. 결혼해서 집에만 있으면 자연스럽게 사람들과의 만남이 줄어들고 남자친구와 접하는 기회도 줄어든다. 그렇게 되면 비정상적으로 남자에 대한 의식이나 흥미만 높아져서 잠깐 알게 된 남자와 바람이 나거나 불륜관계에 빠지기 쉽다.

여자에게서 느낄 수 없는 긴장감

남자친구가 좋은 것은 그것뿐만이 아니다. 남자친구는 긴장감을 유지하게 해준다.

여자친구끼리 만나면 화장을 하지 않은 편한 모습을 하거나 이야기 화제도 끝없이 수다로 이어지는 경우가 많다. 하지만 상대방이 남자면 그렇지 않다. 옷차림은 물론이고 몸가짐도 바르게 하기 마련이다. 그리고 조금은 화장기 있는 얼굴로 대한다. 남자친구가 좋은 것도 그런 긴장감을 갖게 하기 때문이다.

어렴풋한 연정(戀情)이 있는 경우는 더욱 좋다.

'남자와 여자 사이에는 우정이 있을 수 없다. 남녀 사이에서는 반드시 연정이 따른다.'

라고 말하는 사람들이 있지만 처음에는 연정으로 시작되더라도 시간이 지나면서 점차 진짜 우정으로 바뀔 수도 있다. 연정의 과정을 지나서 진짜 친구가 되는 것이다.

진짜 남자친구를 만들기까지는 시간이 걸린다. 여자친구는 서로를 이해하는 것으로 비교적 간단히 친구가 되지만, 남자친구는 이성으로서의 흥미 쪽이 선행한다. 그렇기 때문에 그 사람과 친구가 되고 싶다면 좀더 시간을 두고 우정을 키울 필요가 있다.

또한 서로에 대해 반발심을 느끼는 과정을 거치면서 서서히 우정으로 발전하는 경우도 있다.

내 경우도 처음에는 서로에 대해 '건방지다'거나 혹은 '그럴 필요가 있을까…'라고 좋지 않게 생각했던 친구가 오래 지속되고 있다. 상대방의 말이 거슬린다는 것은 신경이 쓰인다는 증거이다. 그것은 바꾸어 말하면 자신과 비슷한 부분이 있다는 말이다.

대학시절 알게 된 한 친구는 학생운동에 적극적이었고, 나는 그와 반대로 정치나 학원분쟁에 무관심해서 서로 반목하는 사이였다. 하지만 졸업한 후 다시 만났을 때는 두 사람의 생각이 너무 닮아서 우리는 둘도 없는 친구가 되었다.

많은 사람들이 자신의 기분을 거슬리지 않게 하는 사람, 편안한 사람을 친구로 사귀려는 경향이 있다. 하지만 나는 오히려 신경이 쓰이게 하는 사람이나 반발하고 싶은 무엇인가를 가진 사람 쪽이 좋은 친구라고 생각한다. 그 반발심이 자극이 되어 자신도 무엇인가를 시작할 수 있기 때문이다. 그리고 그런 사람은 평소에 생각하지 않던 다른 부분을 생각할 계기를 만들어준다.

여자끼리도 마찬가지이다.

진짜 좋은 친구는 해도 주지 않고 이롭지도 않은 사람이 아니다. 오히려 눈엣가시처럼 불편함을 느끼게 하는 사람이 진짜 좋은 친구다. 자신이 흉내 낼 수 없는 무엇인가를 가지고 있는 사람과 친구가 되면 자극제가 되어 다양한 측면에서 자신만의 길을 모색할 수 있다. 그 사람과 자신과의 차이를 깨닫고 자신의 개성을 키워가기 바란다.

남자의 비판은 사심 없이 들을 수 있다

이성친구가 좋은 이유는 아직 많다. 똑같은 내용의 이야기도 동성에게 들으면 심술궂게 생각되거나 기분 나쁘게 들리지만, 이성에게 들으면 큰 저항감 없이 받아들일 수 있다.

동성의 경우는 같은 말이라도 경쟁심이나 질투, 선망이 앞서기 때문에 사심 없이 받아들이지 못하는 경우가 많다. 하지만 이성의 경우에는 사고방식부터가 다르기 때문에 사심을 버리고 들을 수 있다.

그리고 남자친구의 충고는 여자친구의 충고보다 적절한 경우가 많다. 여자의 경우는 자신과 비교해서 판단하고 의견을 말하는 경우가 많지만, 남자친구의 경우는 제3자의 입장에서 보고 생각한 것을 가르쳐준다. 따라서 솔직하게 이야기할 수 있다. 그런 의미에서도 남자친구는 반드시 필요하다.

남편은 없어도 남자친구가 있으면 충분하다. 남자친구가 있으면 인간관계의 폭은 더욱 넓어진다.

영화감독 오시마 나기사 씨(일본 영화계의 거장으로 대표작으로는 '감각의 제국'이 있다. - 옮긴이)는 여자친구가 많아서 세상을 바라보는 시각이 바뀌었다고 말한 적이 있다. 마찬가지로 여자도 좋은 남자친구를 많이 두면 세상을 보는 시각이 바뀐다. 시야가 넓어지는 것이다.

오시마 씨의 이야기를 듣거나 영화를 보고 있으면 이런 감각이나 생각, 표현도 있구나 하고 감탄하게 된다. 게다가 타인에 대한 배려도 감탄할 수준으로 내가 미처 생각하지도 못했던 것을 지적해줄 때도 있다. 그 때마다 나는 감사와 함께 어떻게든 지적받은 것을 고치려고 애쓰곤 한다.

따라서 남자친구가 아니더라도 남자 선배나 지인과 가능한 오랜 만남이 이어지길 바라고, 그들을 통해서 다양한 의견과 생각, 표현법을 배웠으면 한다.

그리고 자신의 생각을 솔직하게 표현하고 오래도록 그 만남을 지속하면서 우정을 키워갔으면 싶다.

진짜 남자친구를 만들기까지는 시간이 걸린다. 그 사람과 친구가 되고 싶다면 좀더 시간을 두고 우정을 키워라. 그리고 그 남자친구와 자신과의 차이를 깨닫고 자신의 개성을 키워라.

5

남자에게 맡기면 여자가 손해다

섹스도 자신의 삶의 일부

피임을 남자에게 맡기지 마라

어떤 여성잡지에서 20대 여성을 대상으로 성에 대한 설문조사를 한 일이 있다.

성을 바라보는 시각은 과거에 비해 자유로워졌지만 설문조사를 조목조목 따져보면 성에 대한 자주성이나 책임감은 결여되어 있다는 것을 알 수 있다. 예를 들어 피임법을 묻는 질문에서 압도적으로 많았던 것은 남성에게 맡긴다는 내용이었다.

자신의 몸은 스스로 지키지 않으면 안 될 뿐더러, 그것을 지키지 않았을 때 괴로움을 겪는 것은 다름 아닌 여성 자신이다. 아이를 만들 생각이 없다면 피임은 다른 사람이 아닌 자기 자신의 문제로 생각해야 한다. 하물며 상대인 남성에게 내맡기는 것은 자주성이 결여된 행동으로 보아야 할 것이다. 설사 남성에게 맡기더라도 남성 쪽이 제대로 된 피임방법을 취하도록 요구해야 하지만 그것도 드러내놓고 말하지 못하는 것이 현실이다. 그렇다보니 상황에 따라 적당히 처신하는 경우가 많다.

현실이 그렇다면 임신으로 밝혀졌을 때를 대비해서 각오를 해두어야 할 것이다. 낳을 것인가 말 것인가 주저하지 말고 스스로 판단하고 선택할 수 있어야 한다.

피임을 전적으로 남성에게 맡기고 나면 임신이 현실로 닥쳤을 때 모든 것을 상대방의 탓으로 돌릴 수밖에 없다. 경우에 따라서는 "상대가 나쁘다, 어째서 이런 일을 겪어야 하는가" 라고 울고불고하며 결혼을 강요하기도 한다.

성문제는 자신의 삶의 반영이고 자신의 책임이다. 자신이 행동한 결과가 자신에게 돌아오는 것은 당연한 것이다. 따라서 이 문제는 타인에게 내맡겨선 안 된다. 여자는 스스로 자신의 몸을 지킬 수 있어야 하는 것이다.

강제저인 강가을 제외한 보통 남녀사이의 일이라면 책임은 어느 쪽도 똑같이 물어야 한다. 피임문제를 남자에게만 맡긴 상태에서 문제가 생긴다면 그것이야말로 자업자득이다.

적극적인 삶을 살아라

한때 여성들 사이에서 자립이라는 말이 유행했던 적이 있다. 요즘 20대에게는 자립 운운하는 말은 오히려 촌스럽게 생각될 정도로 당연한 일이 되었다. 그런 것을 감안하면 성에 대해서도 자립이 당연하지만 현실은 그렇지 않다.

일을 하거나 놀 때는 자신의 생각을 솔직하게 말하는 사람도 성에 대해서만큼은 아직 소극적인 경우가 많다. 성 문제가 자신의 눈앞에 닥치면 상대방에게 맡겨버리는 것이다. 상대방과 충돌을 피하고 싶고 그때그때의 분위기에 휩쓸리는 것을 모르는 바는 아니지만, 성에 대해서도 확고한 자신의 생각을 가질 필요가 있다.

여성들은 무의식적으로 수동표현을 많이 쓴다. "사랑받다" "요구받다" "안기다" "버려지다"…. 하루하루의 삶 속에서 수동적으로 살면 좋지 않은 일이 생겼을 때도 습관처럼 모든 것을 다른 사람의 탓으로 돌린다.

예정일을 지나고 소식이 없으면 그때부터 신경은 온통 그쪽으로 쏠려 일이 손에 잡히지 않는다. 조금 늦게 시작되었을 때의 안도감은 말로 표현할 수 없을 것이다. 애를 태우면서 하루하루를 보낸 자신을 생각한다면 자신의 몸에 대한 주도권은 다른 누군가가 아닌 바로 자기 자신이 잡아야 한다.

하물며 중절 경험이 있는 사람이라면 두 번 다시 그런 일을 겪고 싶지 않을 것이다.

피임을 상대방에게 맡기는 것은 수동적인 삶의 한 단면이다.

첫경험―'가볍게'와 '중요하게'는 당신하기 나름

몇 년 전만 해도 결혼 전에 성경험을 가졌던 사람 중에는 처녀막재생수술을 받아서라도 처녀로 보이려고 애쓰는 사람들이 있었다. 하지만 요즘은 그런 일은 없는 것 같다.

요즘은 오히려 스무 살이 넘어서 경험이 없는 것을 부끄럽게 여길 정도여서 친구들 사이에서도 처녀라는 사실은 자랑거리가 아니라고 한다.

나는 어느 날 자연스럽게 한 남성과 그런 관계가 되었다. 상대는 내가 정말로 좋아하는 사람도 아니었고 단지 친구 중 한명이었다. 그와의 관계를 받아들인 것은 평소 처녀성에 대한 사람들의 생각이 선뜻 이해되지 않았던 것도 원인이라면 원인이라고 말할 수 있을 것이다.

나는 그때 일에 대해 크게 의미를 부여하지 않았고, 지금도 그것은 마찬가지이다. 내가 내 생각을 갖고 있는 것처럼 사람들이 저마다 다양한 생각을 갖고 있는 것은 나름대로 의미 있는 일이라고 생각한다. 진짜 사랑하는 사람이 아니면 할 수 없다고 생각하는 사람도 있을 수 있고, 우연한 기회에 몸을 허락한 사람이 있다면 그것도 상관없는 것은 아닐까.

다만 그 행동이 어디까지나 자신의 생각에 따른 것이었으면 한다. 평소에 생각하고 있던 일을 행동으로 옮긴 것이라면 아무런 후회도 하지 않겠지만, 만약 분위기에 휩쓸려서 그렇게 된 경우라면 뒤늦게 후회하거나 상대방에게 '책임을 지라'고 울면서 매달리기 십상이다. 그것은 또 얼마나 비참하고 추한 일인가 생각해보아야 한다. 멋있게 살고 싶다면 옷차림이나 겉모양을 가꾸는 데만 신경 쓸 것이 아니라, 자신의 생각에 충실하게 그리고 당당하게 행동했으면 한다.

멋진 삶이란 자신이 한 일에 대해서 다른 누군가가 아닌 스스로가 책임지는 삶이다.

20대와 이야기하면서 뜻밖이라고 생각했던 것은 성을 꾸밈없이 일상의 하나로 생각하는 사람이 있는가 하면, 반대로 성을 특별하게 생각하여 섹스를 전혀 하지 못하는 사람이 상당히 많았다는 사실이다.

내가 이야기를 나눈 사람 가운데 몇몇은 섹스가 영화를 보거나 드라이브를 하고 식사하는 것과 같은 연장선상에 있다고 말했다. 남성을 사귀면 자연스럽게 그렇게 되는 것이 당연하다고 생각하고 있었다.

한편으로 이런 극단적인 예도 있다. 깊이 사귀는 남자친구와 러브호텔을 들어가거나 남자친구의 자취방에서 함께 지낸 일도 있지만, 섹스만큼은 싫다고 말하는 사람이 있었다. 더욱 놀라운 것은 목욕도 같이 하면서 섹스에 대해서는 두려움을 갖고 대한다는 것이다.

그런 극단적인 예가 아니더라도 섹스에 거부반응을 보이는 젊은 여성들은 의외로 많다.

그들은 연인이 있는 친구들의 섹스 이야기를 들으면서 자신은 한 번도 그런 경험이 없다는 콤플렉스를 갖게 되고, 그런 콤플렉스가 다시 섹스에 대한 두려움으로 나타나는 것 같았다. 섹스를 일상적인 것으로 생각하는 사람들의 시각에서 보면 믿기 어렵다고 하겠지만, 본인에게는 이만저만한 고민이 아니다. 그리고 더 나아가서는 혼자 남겨진 듯한 기분이 되어 급기야 남성을 거부하는 증상으로 발전한다. 아마도 그것은 경험이 없는 만큼 섹스를 특별한 것으로 생각하기 때문이 아닐까 싶다.

미국이나 유럽 여성을 보면 성장하면서 섹스도 삶의 한 요소로 자연스럽게 받아들이는 듯한 인상이지만 일본의 경우는 왠지 왜곡되어 있다.

러브호텔의 창궐, 일본인 남성의 매춘투어, 돈벌기 위해 입국한 외국인 여성들의 매춘문제, 특수욕장시설 등, 섹스 측면이 특별히 다루어지는 것만 해도 그렇다. 그런 이야기를 듣고 있으면 그들은 섹스를 자연스런 형태로 생각할 수 없을지도 모른다.

'스포츠를 하듯 땀을 흘리고 끝내는 것'은 재미없다

섹스를 즐기는 여성이 있는가 하면, 섹스를 뭔가 특별한 것으로 생각해서 거부하는 여성들도 있다.

다만 그 어느 쪽도 러브호텔에 들어가는 것에 대한 저항감은 전혀 느낄 수 없다. 과거와 같이 러브호텔에 들어가는 것이 떳떳하지 못한 일이라고 느끼지도 않을 뿐더러, 기분 좋게 들어가서 기분 좋게 나온다.

"부끄러워하는 것이 오히려 이상하잖아요."

라고 말한다면 분명히 그렇다. 하지만 너무나 태연하게 말하는 것을 보면 그것만 가지고는 재미가 없지 않느냐고 한마디 던지고 싶어진다. 단지 밝고 즐겁고 건강한 사랑이 재미가 덜한 것처럼, 섹스 역시 왠지 뒤가 켕기거나 부끄러운 것이 있을 때 오히려 더 뜨거워지는 것은 아닐까.

섹스를 운동하듯 땀을 흘리고 끝내는 것은 재미가 없다. 섹스에 특별한 의미를 부여하는 것이 좋다고 말하는 것은 아니다. 다만 좀더 정신적인 것이 있으면 더욱 좋다는 말이다. 단순히 욕망을 발산하기만 하는 것이 아니라, 그 배후에 '생각'이 있었으면 한다. 바꾸어 말하면 어떤 감정이나 마음의 동요가 있었으면 한다. 그것이 있을 때 비로소 만족감을 얻을 수 있고, 섹스가 전인격적인 것이 될 수 있다.

'여자는 자궁으로 생각한다'고 말하는 사람들이 있지만, 이것은 여자를 모르는 남자들이 지어낸 말이다. 성은 머리나 생각과 전혀 무관한 것이 아니라 일체화된 것이다.

그 사람이 갖고 있는 생각, 삶의 하나의 상징으로 섹스가 있는 것이다. 섹스는 그래서 중요하다. 따라서 좀더 진지하게 성문제를 개개인이 생각해볼 필요가 있다. 그렇게 된다면 상대방에게 맡기는 수동적인 표현은 자연스럽게 주위에서 사라지게 될 것이다.

6

'놀이감각'에서 무엇을 얻을 것인가

유부남을 사랑하려면 목숨을 걸어라

목숨 건 사랑은 아름답다

불륜이라는 말이 유행하기 시작한 것은 상당히 오래 전 일이다.

그 말이 유행하는 데 큰 역할을 한 것은 텔레비전 드라마였다.

교외에 새로 들어선 주택가에 사는 주부들의 불륜이 주제가 된

드라마였는데, 표면적으로는 경제적으로 넉넉해서 유행도 즐기고

시간적으로도 여유가 있는, 현대의 이상적인 요소를 두루 갖춘 주

부들이 남편이 아닌 다른 남자와 마음을 주고받으면서 정사행각을 벌이는 내용이었다.

그 드라마가 인기를 얻은 것은 주연을 맡았던 여배우가 인기스타였던 점도 한몫했지만, 그것이 하나의 유행처럼 된 데는 여성들 사이에 그런 내용을 받아들이는 토양이 이미 만들어져 있었기 때문이다.

불륜은 경제적으로 여유가 있고 충분히 젊고 아름다운 주부들 사이에서 소용돌이치며 번져 갔다. 그 밑바탕에는 단지 현실과 다른 삶에 대한 동경이 깔려 있었다. 따라서 심각해지지 않는 정도의 불륜이 유행하게 된 것이다.

불륜관계는 갖더라도 결코 이혼으로까지 치닫지 않는, 이른바 불장난이 젊은 주부들의 마음을 뜨겁게 달구었다.

불륜에는 죄의식이 따른다. 떳떳하지 못하기 때문이다. 불륜은 세상이 부부로 인정해준 관계와 다르다. 어떤 것이든 정식으로 허용된 것은 스릴이 없다. 주부들이 불륜을 동경하는 것은 조금은 비밀스러운 무엇인가를 원하기 때문이다.

과거에는 '바람나다'라는 말을 흔히 썼다. 정신적으로는 같은 것이지만, 굳이 구분하자면 불륜 쪽이 강하고 직접적인 표현이다. 또한 '바람나다'라는 말에는 정서가 담겨 있지만, 불륜은 그 자체로 섹스관계로 이해된다.

이 말은 곰곰이 생각해보면 이상하다. '불륜'이라는 말이 나오려면 그보다 앞서 제대로 된 윤리의식이 있어야 한다. 윤리에 반하기 때문에 불륜이 되는 것이다. 하지만 요즘은 그런 확고한 윤리의식 자체가 흔들리고 있다.

제2차 세계대전 전까지만 해도 일본에서는 윤리가 사회적인 인식이었고 간통죄도 존재했다. 그렇기 때문에 불륜을 저지르는 것은 벌을 각오하고 목숨을 건 행위였다.

하지만 현대의 불륜에는 죄도 벌도 없다. 불륜을 저지른다고 해서 누군가에게 질타 받는 것도 아니기 때문에 목숨을 건 불륜 같은 것은 존재하지 않는다.

나는 개인적으로 똑같은 사랑이라면 진짜 사랑을 할 수 있는 목숨을 건 불륜이 좋다고 생각한다. 하지만 현대는 불륜조차 진지하게 하기 어려운 시대이다.

순수해지는 단 한 가지 경우

20대 여성의 불륜 상대는 대개 처자식이 있는 상사나 동료이다.

내가 만난 스물네 살 즈음의 여성들 가운데에도 상사와의 불륜으로 고민하는 사람이 있었다. 상사는 전근으로 가족들과 떨어져서 혼자 생활하는 사람이었다. 처음에는 존경하는 직장상사였지만, 어느새 남자와 여자의 관계가 되어 있었다. 하지만 그녀는 그 상사가 미국으로 전근하면서 가족과 함께 떠나기 때문에 이별을 해야만 했다.

현대는 가족과 떨어져서 사는 사람이 많다. 그만큼 전근지에서 혼자 사는 남성과 독신여성 사이의 불륜이 늘고 있다.

그녀는 헤어지던 날, 그전까지 두 사람이 마신 술의 양에 대해 이야기하면서 가능한 기분 좋게 시간을 보내려고 했다. 하지만 마지막일지도 모른다는 생각으로 속에 있던 말을 건넸다.

"만약 내가 결혼을 요구했으면 어떻게 됐을까?"

"분명히 그렇게는 하지 않았을 거야."

남자 쪽은 가정을 깨뜨릴 생각이 없어 보였다. 그녀 스스로도 그렇게까지 해서 그와 함께 있고 싶다고 생각한 적은 없었지만 자신도 모르게 물어보고 말았던 것이다.

그리고 두 사람은 10년 뒤 어느 봄날, 지유가오카에서 만나기로 약속했다. 그녀는 그때까지 자신도 더욱 성숙해지고 싶다고 말한다.

스스로 이해하고 헤어졌다고 말하는 그녀의 말 한마디 한마디에는 애절함이 배어 있었다. 이야기를 들려주는 그녀의 눈동자는 빛났고, 만난 많은 여성들 가운데에서 가장 멋있게 보였다. 그것은 아마도 그녀가 진짜 사랑을 하고, 누군가를 사랑한다는 것이 무엇인지를 알고 있었기 때문이었을 것이다.

여자는 어려움을 이겨냈을 때 빛을 발한다

그러나 만약 그 상사가 독신으로 처자식이 없었다면 그녀는 그 정도로 그 사람에게 반해서 뜨겁게 사랑할 수 있었을까. 처자식이 있다는 것은 적어도 터부다. 터부가 있었기 때문에 그 이상으로 뜨거워졌던 것은 아닐까.

로미오와 줄리엣, 햄릿과 오필리아 같은 고전적인 러브스토리가 아름답고 뜨거운 것은 말할 것도 없이 두 사람 사이에 어려움이 있기 때문이다. 아무런 어려움도 없고 터부도 없으면 뜨거워질 사랑도 식어버리고 만다. 그런 의미에서 보면 그녀는 행복하다고 말할 수 있을 것이다.

불륜을 단지 불장난으로 이해한다면 가치가 떨어질 수도 있다. 하지만 진짜 사랑을 할 수 있는 적은 기회 가운데 하나로 이해하면 사랑의 중요한 요소이다. 너무나 자유로운 환경 탓에 순수한 사랑을 하기 어려운 요즘 시대에서 유일하게 터부가 있는 사랑이 불륜이기 때문이다.

그렇기 때문에 불륜을 불장난으로 받아들이는 것과 진지하게 받아들이는 것은 매우 다르다. 기왕에 사랑을 한다면 진지한 사랑으로 만들어가는 것은 어떨까.

다만 그것은 어디까지나 당신과 상대방 사이의 문제로 상대방의 배우자에게 공격의 화살을 돌려서는 안 된다. 또한 어떻게든 결혼을 하겠다고 억지를 부리는 것도 좋지 않다.

괴로워서 포기한다면 진짜 사랑은 이룰 수 없다

나도 딱 한번 불륜의 상황에 놓였던 적이 있다.

상대방에게는 처자식이 있었다. 나는 그와 함께 하는 시간에만 의미를 두었다. 그의 가정에 대해 이야기하는 것은 두 사람 사이에서 터부였기 때문에 그것에 대해 말한 적도 없었고, 흥미도 없었다.

하지만 그 사람이 아프다는 이야기를 들었을 때는 병문안을 가고 싶은 마음이 간절했다. 하지만 선뜻 갈 수 없었다. 집에서 장기 요양을 한다는 말을 듣고 나는 친한 친구에게 부탁해서 친구와 함께 그의 집을 찾아갔다. 터부를 범한 것이다.

그의 집은 교외에 지어진 주택단지였다. 물론 집에는 들어가지 않고 꽃만 놓고 돌아갈 생각이었다.

찾던 집의 문패를 발견했을 때 내 눈에 제일 먼저 들어온 것은 아이의 자동차였다. 그것을 본 순간, 내가 끼어들 수 없는 부분을 실감했다. 충격이었다. 나는 그 사람의 가정을 엿보고만 것이다.

결국 나는 자동차 위에 꽃만 놓아두고 도망치듯 걸음을 되짚었다. 그는 그 꽃을 놓아둔 사람이 나라는 것을 알았을까. 이름은 써놓지 않았지만, 그 사람은 틀림없이 눈치챘을 것이다.

나는 그의 가정을 본 뒤로 그와 헤어질 결심을 했다. 나는 현실로 되돌아왔다. 하지만 헤어지기까지 뜨거워지는 것이 있었다. 두 사람의 관계에 후회는 없다.

지금 생각해보면 그 사람의 어디에 끌렸었는지 모르겠다. 만약 독신 남자와 독신 여자로 만났다면 그런 기분이 될 수 있었을까. 터부가 있었기 때문에, 이른바 불륜관계였기 때문에 순수해질 수 있었던 것은 아닐까.

내가 이렇게 말하는 것은 특별히 불륜을 권해서가 아니다. 불륜은 힘들고 비참한 일도 있다. 하지만 그 속에서 고민하면서 상처받는 동안 진짜 사랑이 싹튼다.

사랑에는 터부나 어려움이 있는 것이 좋다. 어려움을 이겨냄으로써 사랑이 성장하고 관계가 견고해질 수 있기 때문이다. 그런데 어느 설문조사 결과를 보고 나는 놀랐다.

"만약 당신의 사랑을 아버지나 어머니가 반대한다면 어떻게 하겠습니까?"

그 질문에 가장 많았던 대답이 '포기한다'였다.

왜 그런 대답이 나오는 것일까. 어려움이나 터부가 있다고 쉽게 포기한다니. 포기할 수 있다면 그것은 그렇게 대단한 사랑이 아니었다는 말이다. 사랑이 깊어질 수 있는 모처럼의 기회를 스스로 포기한다는 사실을 깨닫지 못하는 것일까.

사랑은 편안하게 얻을 수 있는 것이 아니다. 사랑은 아버지나 어머니의 반대 혹은 많은 어려움을 이겨낸 뒤에 비로소 성장하는 것이다. 하지만 요즘 젊은 세대들은 괴로운 일이나 힘든 일은 하고 싶어 하지 않는다.

'사랑은 남자든 여자든 몸을 사려서는 얻을 수 없다'

이것은 치카마츠 몬자에몬(17～18세기에 걸쳐 활동한 문인-옮긴이)의 말이다.

괴로움도 모르고 편하기를 바라는 마음으로는 연애를 할 수 없다. 어려움이 있기 때문에 괴롭기 때문에 사랑이 더욱 빛을 발하는 것이다.

chapter 2

더 좋은 관계를 만들기 위한
그와의 **만남과 사는 법**

이런 파트너가 멋지다

결정하는 것은 자기 자신

앞으로 계속 사귈 남성을 선택하는 법

'결혼하고 싶을 때'가 결혼적령기

과거에는 여성의 결혼적령기라고 하면 흔히 스물서너 살을 꼽았다. 그 나이에 반드시 결혼하라는 법이 있는 것도 아니지만 그것에 구애받는 사람이 많았다.

그래서 스물서너 살만 되면 자신이 좋아하는 일을 하던 사람도 흔들렸다. 사랑하는 사람이 없어도 결혼과 동시에 직장을 그만두는 동료들을 보면서 나이가 들어 직장을 다니는 것이 눈치가 보여 그만두는 사람이 많았다.

지금은 그런 일은 찾아보기 어렵다. 최근 10년 사이에 여성들도 아주 많이 변했다. 결혼적령기라는 말도 이젠 거의 들을 수 없는 말이 되었고, 직장생활을 하는 여성의 경우 스물일곱 살과 여덟 살에 결혼하는 사람이 가장 많다. 지방에 사는 경우에는 사정이 조금 다른 모양이지만, 그래도 평균해서 스물대여섯 살로 늦추어졌다.

그뿐 아니라 비슷한 연령 대에 결혼하는 일도 많이 줄었다. 과거에는 결혼 연령이 스물서너 살에 집중되어 있었지만, 요즘은 10대 후반이나 20대 초반에 결혼하는 사람도 있고, 30대나 40대에 하는 사람도 있고, 심지어 결혼하지 않는 사람도 적지 않다.

과거에 비하면 결혼에 대한 선택의 폭이 넓어진 것이 사실이다. 게다가 결혼에 대한 생각도 사람마다 또 다르다. 생각해보면 그것은 당연한 일이다. 여성들의 생각이 저마다 다르고 거기에 상대방까지 포함한다면 그만큼 다양한 생각이 나오기 때문이다. 배우자가 될 남자를 만나는 연령도 천차만별이다. 사람이 백 명 있다면 그 백 명에게 모두 다른 갖가지 인연과 만남이 있을 수 있다. 따라서 결혼적령기 역시 사람마다 다르다고 한다면 그 사람이 결혼하는 연령이 곧 결혼적령기가 아닐까 싶다.

야마구치 모모에(80년대에 활약한 일본의 대표적인 연예인으로, 가수활동을 하면서 많은 영화와 드라마에 출연했다. 결혼과 동시에 연예활동을 중단하여 지금까지도 많은 관심을 모으고 있다-옮긴이) 씨의 결혼적령기는 스무 살이었고, 기리시마 요코(베트남에서 종군기자로 활동하기도 했고, 소설을 비롯해 여성과 육아, 사회문제 등을 심도 있게 다루면서 작가로 활동하고 있다-옮긴이) 씨는 마흔다섯 살이 결혼적령기로 모두 다르다.

나는 서른여섯 살에 결혼했으니까 내 결혼적령기는 서른여섯 살이다. 그 시기에 함께 살고 싶은 남자가 있었다는 뜻으로, 내 결혼적령기는 다른 누구의 것도 아닌 나만의 것이다.

많은 사람들이 세상이 만들어낸 뜻 모를 결혼적령기의 신화가 얼마나 비현실적이고 어리석은 일인지 깨닫기 시작했다.

자신의 인생은 자신이 선택하는 것이다. 다른 사람의 흉내를 내서 다른 사람들과 비슷한 나이에 결혼하려고 한다면 필요한 상대방을 적당히 골라 적당히 맞추어가며 살아야 한다. 결혼은 중요한 선택이다. 친구가 결혼한다고 조급해서 결정할 일이 아니다.

결혼이 도피처인가?

결혼의 선택의 폭은 넓다. 그 선택 가운데서 자신의 삶에 맞는 것을 선택하면 된다. 다만 상대방에 의해 선택되고 결정을 따르는 것이 아니라, 상대방을 자주적으로 선택해야 한다는 점이다.

최근에는 여자보다는 남자들 중에 결혼하고 싶어 하는 사람이 많다고 한다. 여성들은 다양한 분야에서 활발하게 자신의 개성을 살려서 사회활동을 시작한데 반해, 남성 쪽은 가정이라는 틀 속에서 안정을 찾고 싶어 하는 것이다. 남자들에게서 활기가 느껴지지 않는 것은 어쩌면 그 때문인지도 모른다.

여자 쪽은 많은 남자들과 교제하면서 자신에게 맞는 사람을 찾는다.

하지만 자신답게 살고 싶다고 생각하면서도 한편으로 20대 여성의 마음 한 구석에는 여전히 결혼은 여자의 행복이라고 생각하는 부분이 있다.

때때로 '결혼 벌레'가 울어댄다. '결혼 벌레'가 우는 것은 어떤 때일까. 외롭거나 일이 뜻대로 풀리지 않을 때, 마음 한 구석에서 "결혼, 결혼"하고 울기 시작한다.

일을 마치고 집으로 돌아가면 밤늦도록 혼자 거울을 보면서 이렇게 중얼거린다.

"정말 싫다. 이 얼굴 좀 봐. 내일도 또 회사에 가야하나?"

그리고 또 중얼거린다.

"그냥 결혼이나 해버릴까?"

결혼이 도피처가 되는 것이다.

그날 자신의 기분이 저조한 원인이 무엇 때문인가를 생각하지 않고, 다른 곳으로 도망치려고 한다. 기분이 저조한 원인은 단지 상사에게 질책을 받거나 동료에게 싫은 소리를 들은 정도인데, 그것을 결혼과 결부시켜 생각한다. 일이 싫은 것과 결혼은 전혀 다른 차원의 일이지만 같은 차원에서 생각하는 것이다.

만약 그런 이유 때문에 결혼한다면 결혼생활이 순탄하지 않은 것은 자명한 일이다. 결혼생활을 하다가도 만에 하나 귀찮은 일이 생기면 또다시 도망치는 것만 생각하게 될 것이다. 그렇게 된다면 상대방에게도 피해가 될 뿐 아니라, 무엇보다도 자신의 의지로 선택한 결혼이라고 말하기 어렵다.

'얼떨결에 결혼했다'라는 말뜻은?

공과 사를 혼동해선 안 된다. 일은 일, 결혼은 결혼으로 분명하게 나누어서 생각하자. 그렇게 하지 않는 것은 결혼에 대한 모독이다.

'얼떨결에 결혼했다'고 말하는 사람들이 있지만, 대부분은 쑥스러워서 그렇게 말하는 것뿐이다. 결혼하겠다고 결정한 것이 단지 분위기 탓이라고 말할 수 있을까. 그것보다 훨씬 이전에 자신의 내부에 상대방에 대한 생각이 있고, 그리고 상대방과 교제한 오랜 시간이 있다.

내 친구 중에도 '얼떨결에 결혼했다'라고 말하는 친구가 있다.

그 친구는 아나운서를 하던 시기에 자신이 담당했던 미술프로그램에 출연했던 한 평론가와 얼마동안 사귀다가 결혼했다. 두 사람에게는 그 프로그램이 첫 만남이었다. 그 후 두 사람은 함께 식사를 하고 함께 전람회에 다니면서 사귀기 시작했다. 어느 날 공원을 산책하고 있을 때 친구는 돌에 걸려 넘어졌다. 하이힐을 신었기 때문에 앞으로 풀썩 쓰러지듯 넘어졌다고 한다. 상대방은 깜짝 놀라서 손을 내밀어 일으켜주었는데, 그 후 그에게서 프러포즈가 빈번히 나왔다.

"그러니까 얼떨결에 결혼한 거야."

라고 친구는 말한다. 친구의 말대로 프러포즈가 나온 계기는 얼떨결에 벌어진 일 때문이었지만, 그보다 훨씬 전에 두 사람 사이에는 그 동안의 만남을 통해 키워진 무엇이 있었던 것이다.

그 후 그녀는 말했다.

"사실은 아무리 기다려도 그쪽에서 프러포즈를 하지 않아서 일부러 계기를 만든 거야."

넘어진 것은 그녀의 연출이었던 것이다. 그렇게 해서 그녀는 자신이 좋아하는 남성과 결혼했다. 아무리 생각해도 이 사람뿐이라는 생각이 든다면 자기 나름의 연출도 필요한 것이다.

결혼은 나만의 선택

결혼 상대와의 첫 만남은 사람마다 다르다. 만남은 어떤 형태든 좋다. 선을 보는 것도 좋고, 친구의 소개로 만나는 것도 좋다. 다만 자신의 마음에서 솔직하게 '이 사람'이라고 말할 수 있을만한 사람을 찾아야 한다.

결혼한 사람들은 대부분 만났을 때 "왠지 될 것 같다"거나 "이 사람이다"라는 예감이 있었다고 한결같이 말한다. 그런 감은 맞아떨어지는 경우가 많다.

물론 자신의 감이 틀리는 경우도 있다. 하지만 배우자를 찾을 때는 적어도 경제적인 조건이나 겉모습만으로 결정해선 안 된다. 수입이 얼마고, 키는 몇 센티미터 이상이고, 차와 집이 있어야 하고, 부모와 동거하지 않는다는 등의 조건만 늘어놓고 그 조건들과 결혼하는 일은 없어야 한다.

당신은 사람과 결혼하는 것이지 조건과 결혼하는 것이 아니다.

컴퓨터에 축적된 데이터를 선택하듯 조건만 가지고 사람을 선택하면 큰 탈이 난다. 사람은 데이터로 측정할 수 없는 부분이 있는데 그 부분이 바로 그 사람의 인간미이기 때문이다.

더욱 어이가 없는 일은 별자리나 혈액형으로 배우자를 선택하는 경우이다. 나는 어떤 상황에서든 그런 것을 배우자의 선택 기준으로 삼지 않겠다고 생각하곤 했는데, 세상에는 의외로 그런 사람들이 많은 것 같다. 선을 보는 자리에서 처음 얼굴을 대하는 남성에게 던지는 첫 질문이 기껏해야 이런 것이다.

"혈액형은 무슨 형이죠?"

이것은 또 얼마나 빈약한 화술인가. 순간적으로 무슨 말을 해야 좋을지 모르는 경우도 있지만, 어째서 그런 틀에 박힌 이야기 밖에 하지 못하는 것일까.

혈액형이나 별자리나 점은 재미삼아 이야기할 수는 있다. 하지만 진지하게 생각하기 시작하면 결과가 나쁘다. 자신과 딱 맞는 남성이 자신 앞에 나타나더라도 그런 것에 얽매이면 아무것도 시작할 수 없다.

나는 오랫동안 혈액형을 연구한 고(故) 노미 마사히코 씨에게 이런 말을 들은 적이 있다. 우리 부부는 내가 B형이고 남편이 A형이다.

"여자가 B형이고 남자가 A형인 부부치고는 의외로 잘 어울리는 커플이군요."

우리 부부는 그런 것을 별로 신경 쓰지 않고 아주 자연스럽게 살고 있을 뿐이다.

예를 들어 아무리 성격이 다르고 환경이나 조건이 자신의 이상과 다르더라도 사람이 다른 것은 당연하다. 서로가 그 차이를 존중해주고 타협안을 찾으면서 두 사람 나름대로의 삶을 만들어 가는 것이 어떨까 싶다.

결혼은 한 사람의 남자와 한 사람의 여자만 있으면 충분하다. 그 두 사람이 시간을 들여 두 사람 나름의 삶을 발견해가는 과정이 바로 결혼이다.

나와 남편은 성격도 다르고 생각도 다르다. 하지만 우리 부부는 자유롭게 자신의 범위에서 마음껏 자신의 특성을 살리기 위해 애쓰고, 상대방의 방식도 존중한다. 또한 두 사람이 함께 할 때는 그 시간을 소중하게 생각한다. 그런 노력이 있었기 때문에 우리들 나름대로의 삶이 자연스럽게 만들어질 수 있었다.

그런 생각을 하기 때문인지 처음부터 두 사람의 모든 부분이 딱 맞는다고 말하는 사람을 만나면 소름이 돋는다.

결혼을 일이나 생활의 도피처로 생각하거나 남의 흉내를 내려고 해선 안 된다. 결혼이 중대한 선택이라는 것을 제대로 알고 있다면 부모나 친구, 선배의 말에 따라 결정하는 것이 아니라, 스스로 결정할 수 있어야 한다. 자신이 소중하게 여기는 것은 하나하나 자신이 직접 선택해가야만 하는 것이다.

결혼 적령기는 사람마다 다르다. 그 사람이 결혼하는 연령이 곧 결혼적령기가 아닐까.
결혼이란 한 사람의 남자와 한 사람의 여자만 있으면 충분하다. 두 사람이 시간을 들여 두 사람 나름의 삶을 발견해가는 과정이 바로 결혼이다.

2

두 사람에게 어울리는 결혼식

왜 부모의 의견을 따르는가

누구를 위한 결혼식인가

결혼식이 점차 화려해지고 있다고 한다. 결혼 비용이 갈수록 커지니 그 돈을 내야 하는 부모는 틀림없이 걱정이 태산일 것이다.

그런 뜻을 비치자, 결혼을 앞두고 있다는 20대 여성에게서 반론이 나왔다.

"우리가 그렇게 하고 싶어서 하는 것이 아니에요. 부모님들이 체면을 세우려고 하는 거니까 부모님이 돈을 내는 건 당연해요"

결혼식을 틀에 박힌 듯 호텔이나 예식장에서 하고 싶어 하는 것은 부모 쪽이라고 한다.

결혼을 앞둔 젊은 예비부부가 '둘만의 결혼식을 올리고 싶다' 거나 혹은 '친구가 모두 해주기로 했다'고 말해도 '그렇게 해선 체면이 안 선다.' '우리 얼굴을 봐서라도 예식과 피로연은 남들처럼 하자'라고 말하는 것은 확실히 어른들 쪽이다. 부모들에게 결혼식은 아직까지도 집안과 집안의 결합이라는 의식이 남아 있어서, 식장에서 쓰이는 이름은 결혼하는 두 사람의 이름은 찾아보기 어렵고, 집안을 나타내는 성으로 안내되는 것이 대부분이다.

반론을 내놓은 여성의 이야기에 따르면 친척이나 회사의 상사 등을 초대하여 치르는 형식적인 의식은 부모의 뜻대로 가능한 차분하게 치른다고 한다. 그리고 마음에 맞는 친구들과의 모임은 이차나 삼차에서 갖는다. 따라서 결혼식도 삼차까지 하는 것이 상식이라고 한다.

이차는 친구와 아주 친한 친척이 함께 하는 파티의 형태로 비용은 회비로 충당하고, 삼차는 아주 절친한 극소수의 신랑신부의 친구들만 자리한다.

그렇다면 마지막까지 자리를 지켜야 하는 신랑신부는 여간 피곤하지 않을 것이다. 하지만 뜻밖에도 일차 즉, 일반적인 피로연은 피곤하지만 가족과 친구들과 함께 하는 자리는 오히려 기대가 된다고 예비 신부는 대답했다.

그렇다고 해도 부모의 체면을 세우기 위해 큰 돈을 결혼비용으로 쓰는 것은 생각할수록 어이가 없다. 이차, 삼차만으로 충분하고 오히려 그 부분이 두 사람을 위한 진짜 결혼식이라는 생각이 든다.

결혼식은 두 사람을 위한 것

호텔이나 결혼식장의 피로연은 천편일률적으로 모두 같다. 피로연의 내용이 대부분 웨딩케이크 컷팅, 예복차림으로 하객에게 인사하기, 캔들 서비스를 하고 마지막으로 부모에게 꽃다발을 증정하면서 끝난다.

케이크도 모양만 커졌을 뿐이고, 예식 중에 예복차림을 양장이나 고유의상으로 갈아입는 등 패션쇼를 방불케 하는 장면도 연출된다. 게다가 신랑신부가 다른 의상으로 갈아입기 위해 자리를 비운 동안에 덕담을 요구하는 경우도 있어서 덕담을 꼭 들어야 할 신랑신부가 없는 자리에서 예식이 진행되는 경우도 종종 있다. 그런 것은 덕담을 말하는 사람에게도 실례가 아닐 수 없다.

"어차피 똑같은 말들이니까 안 들어도 상관없잖아요."

라고 나의 젊은 친구가 말한 적이 있다. 옷을 갈아입는 동안에
는 신랑신부의 친구가 아니라 부모 쪽 하객의 덕담을 듣는 경우
가 대부분이라고. 게다가 덕담을 말하는 쪽도 듣는 쪽도 어차피
특별한 의미는 없다고 잘라 말한다.

어떤 일류호텔의 연회담당자가 이런 말을 한 적이 있다.

"우리는 오히려 손님이 갖고 있는 아이디어를 마음껏 말씀해주
시길 기다리고 있어요. 그런데 대부분이 다른 사람과 똑같이 해달
라고 하세요."

이런 상황이라면 자신들만의 개성 있는 결혼식을 올릴 기회를
잃고 만다. 자신들의 소중한 결혼식을 자신들의 센스로 만들어가
는 것은 어떨까.

왜 부모들은 자신의 체면도 세워달라고 억지 아닌 억지를 부리
는 것일까. 그리고 보면 부모와 자식의 의견차이와 대립도 중요하
다. 자식은 부모 세대와는 다르기 때문에 의견이 대립되는 것은
당연하다. 하지만 젊은 사람들 쪽이 먼저 충돌을 피하겠다는 생각
으로 현명하게 돌아가려고 하는 것이다. 그러나 그것은 진정한 의
미에서 결코 현명한 행동이 아니다. 내가 젊은 사람들에게 바라는
것은 양보하지 않을 정도의 흔들리지 않는 각오를 가졌으면 하는

것이다. 요즘은 이상하게도 말다툼 하나 없이 모든 것을 이해하려는 늙어빠진 젊은이가 많은 것 같다.

부모와 자식간의 대립이 중요하고 당연하다고 말했지만, 그렇다고 부모와 자식간의 싸움을 권하는 것은 아니다. 다만 의견의 차이에 대해서 몇 차례 이야기를 나누다보면 서로가 서로의 기분을 진심으로 이해할 수 있지 않을까 생각하는 것이다.

결혼비용을 결혼 생활에 보태자

결혼식은 결혼생활의 시작을 알리는 단순한 의식에 지나지 않는다. 오히려 앞으로 두 사람이 만들어갈 삶이 바로 결혼이다. 그런데 많은 사람들이 웨딩드레스를 입고 예쁜 옷을 입는 일에 여념이 없다.

원래대로라면 돈도 결혼식 뒤의 길고 긴 인생을 위해 쓰는 것이 당연하다. 하지만 결혼식을 올리는데 쏟아버리기 때문에 많은 사람들이 결혼식이 끝나고 정작 두 사람이 살림을 시작할 때는 쪼들린다. 따라서 현실 생활이 팍팍하게 느껴지고, 결국 자신이 생각했던 결혼생활과 다르다는 생각을 하기에 이른다. 결혼식은 결혼의 목표가 아니다. 시작일 뿐이다.

결혼식 때만큼은 누구나가 주인공이 될 수 있는 일생에 단 한

번뿐인 경사스러운 날이다. 그렇기 때문에 가능하면 화려하게 결혼식을 치르고 싶어 하는 그 기분을 모르는 것은 아니지만, 결혼은 쇼가 아니다. 착각해선 안 된다.

보통 사람들의 결혼식이 화려해지는 원인이 연예인의 화려한 결혼식에 기인한다고 말하는 사람도 있다. 야마구치 모모에나 마츠다 세이코(80년대부터 주목받기 시작한 일본의 대중가수—옮긴이), 고 히로미(70년대부터 꾸준히 사랑받고 있는 일본의 대중가수—옮긴이) 등의 결혼식이 텔레비전으로 중계되기 때문에 화려한 결혼식을 동경하는지도 모르지만, 연예인들에게는 그런 화제 거리를 만드는 것도 말하자면 일이다. 그들에게는 결혼식을 화려하게 치러서 어마어마한 돈이 들었다는 화제가 매스컴에 등장하는 것이 선전이 된다. 결코 화려하게 결혼식을 올리고 싶어서 하는 것이 아니다.

언젠가 어느 유명 스포츠 선수의 결혼식에 참석한 일이 있는데, 신랑신부와 만난 적이 한번도 없지만 예의상 초대받은 사람도 상당수 있었다. 이것도 마찬가지로 그들에게는 일이다.

하지만 당신의 경우, 결혼식은 일이 아니다. 연예인들이 치르는 결혼식과는 다르다. 그렇다면 두 사람에게 어울리는 두 사람만의 결혼식을 생각해야 하지 않을까. 결코 남에게 보이기 위한 결혼식이나 쇼가 아닌, 마음이 따뜻해지는 결혼식을 만들어갔으면 하는 바람이다.

기발함만을 노려서 곤돌라에서 두 사람이 내려오고 드라이아이스 연기를 피워 올리는 것은 요즘은 음악프로에서도 하지 않는다.

예식장 쪽의 상업주의에 편승하기보다, 이것은 싫으니 이렇게 해달라고 자신들의 생각을 보다 확실하게 표현하는 것은 어떨까.

부모 세대가 결혼하던, 오락이 적었던 시절만 해도 결혼식은 주변 사람들과 함께 즐기는 일종의 축제였다. 그렇기 때문에 사람들을 즐겁게 하거나 돈을 들일 필요가 있었지만 요즘은 다양한 오락이 셀 수 없이 많다. 결혼식이 친척이나 주변 사람들을 초대하는 최대의 오락, 이벤트가 될 필요는 없는 시대이다. 게다가 당시에는 돈을 들인다고 해도 대부분이 축하연에 모인 친척이나 친구들이 먹고 마시고 즐기기 위한 것이었다. 하지만 지금은 신랑신부를 화려하게 치장하는데 돈을 들인다. 이런 상황에서 초대받은 사람들이 마음속으로 즐기는지는 의문이다.

산을 좋아하는 사람이라면 두 사람이 히말라야에 올라가서 결혼식을 올리는 것도 좋고, 바다를 좋아하는 사람이라면 잠수복 차림으로 바다 속에서 식을 올리는 것도 좋다. 나중에 친한 친구나 친척들이 모여서 작은 파티를 열면 그것으로 충분한 것이다. 그렇게만 하면 단상에 앉아서 지루한 생각을 하지 않아도 되고, 부모에게 꽃다발을 증정하면서 억지로 눈물을 흘리지 않아도 된다.

처음부터 다른 사람의 흉내를 내고 허례로 가득한 결혼식을 올리면 현실의 생활은 활력을 잃고 알맹이가 없는 결혼생활이 되는 것은 불을 보듯 뻔하다.

두 사람의 라이프스타일을 찾는 법

나와 남편은 두 사람이 함께 살기로 했던 날, 둘이 함께 자주 산책 다니던 집 근처의 사찰을 찾았다. 물론 평소에 입던 옷차림 그대로였다.

두 사람이 합장을 한 뒤 문득 생각했다. 근처에는 사찰이 모두 다섯 곳이나 있었다. 다른 신이나 부처가 인사하러 오지 않았다고 마음을 상하게 해선 안 된다고 생각하고 차례대로 순례를 시작했다. 그리고 집에 30명 정도 친한 사람을 초대해서 친정어머니가 만들어놓은 음식을 먹으면서 건배를 했다.

지금 생각해도 그 축하연은 우리 부부에게 아주 잘 어울렸다. 그렇게 자리를 마련했던 것은 우리가 인색해서가 아니다. 우리는 꾸밈없이 살고 싶었고 출발부터 꾸밈없이 시작하고 싶었다.

예식장에서 흔히 보는 커다란 금병풍이나 결혼 전에 입어본 적도 없는 양장이나 옷들을 입고 익숙하지 않은 덕담을 들었다면 나는 틀림없이 졸도를 했을 것이다. 그래서 그만둔 것이다.

물론 어머니는 반대했다. 어머니도 '사람들의 이목'이니 '부모의 체면'이니 하는 말을 했다. 하지만 결혼하는 것은 우리였다. 우리가 그렇게 결혼식을 올릴 수 있었던 것은 양쪽의 부모를 설득했기 때문이다.

부모 쪽에서 그런 우리의 결정을 받아들였던 데는 여러 가지 이유가 있을 것이다. 우선 서른을 넘긴 나이였고 내 일을 당당하게 하고 있었기 때문은 아닐까. 결혼 당사자가 20대라면 아무래도 부모가 말하는 대로 따르는 경우가 많을 것이다.

하지만 세상 사람들을 위한 형식적인 결혼식을 하거나 남을 흉내 내서 친구가 한다고 자신도 따라 한다면, 당신의 결혼식의 내용은 눈으로 보지 않아도 뻔하다. 자신에게 맞는 기준을 세워서 스스로 선택하지 않으면 사는 동안에도 '다른 집은 이러니까…' '옆집은 무엇을 사니까…'라고 끝도 없이 다른 사람을 흉내 내면서 인생을 살아갈 것이 틀림없다.

자신에게 중요한 것은 하나하나 직접 선택하자. 설사 반대가 있더라도 그것을 경험하는 동안 자신다운 생각과 삶이 만들어진다.

다른 사람의 기준으로 선택하면 거기에는 자신다움이나 개성이 사라진다.

만약 진짜로 결혼을 중요하게 생각한다면 그 시작인 결혼식 방식도 스스로 선택하고 결정하자. 결혼식에서 스스로 결정하지 못하는 것은 결혼생활이 어떻게 되든 상관없다고 생각하는 것과 다를 바 없다.

결혼식은 결혼생활의 시작을 알리는 단순한 의식에 지나지 않는다.
돈이나 정성을 결혼생활에 써야한다는 것을 잊지 말자
자신에게 중요한 모든 것은 자신이 결정하자.

3

서로에게 '미지의 부분'을 남기는 삶

남편의 친구들과 어떤 관계를
만드는 것이 좋은가

상대방 쪽에 맞추려고 할 때 생기는 문제들

과거에 비하면 최근에는 친한 친구들의 모임이나 파티가 많다. 따라서 그런 모임에 부인과 함께, 혹은 남편과 함께 부부동반으로 참석하는 경우도 많다.

과거에는 친구들끼리 모이는 곳에 배우자가 함께 참석하는 경우는 적었지만, 최근에는 그 양상이 바뀐 것이다. 나이가 들어 서

97

로가 조금은 사람이 그리워진 탓도 있을 것이다.

친한 사람들이 모인 자리는 나름대로 즐겁고 새로운 친구도 만들 수 있어서 좋다. 이야기를 나누다가 생각지도 못한 사람을 알게 되는 일도 있고 자신들의 또 다른 지인들 이야기로 이야기꽃을 피우는 경우도 있다.

친구의 친구는 모두 친구라고 생각하면 남편의 친구, 혹은 아내의 친구가 모두 친구가 되어도 좋을 것이다. 많은 사람과 솔직한 만남을 갖는 것도 필요하다. 그러나 그런 기대 때문인지 남편이 친구를 소개해주지 않거나 자신이 모르는 부분이 있으면 서운해 하거나 불평하는 아내들도 있다.

하지만 사람은 천차만별이다. 모든 사람이 모두의 친구가 될 필요도 없고 친구가 될 수도 없다.

결혼 초나 연애를 할 때는 상대방의 모든 것을 알고 싶어 한다. 하지만 모든 것을 알고 나면 재미가 없다. 오히려 모르는 부분을 조금쯤 남겨두는 것이 신선해서 좋다.

만약 부부가 백 쌍 있다면, 그 백 쌍 모두 다르기 때문에 각자가 자신들만의 방법을 찾는 것이 좋다.

서로가 그날 있었던 일을 모두 이야기하고 친구는 빠짐없이 소개하면서 사는, 전혀 비밀이 없는 가정을 만들어도 좋고, 반대로

서로가 각자의 친구관계를 갖고 자신에 대해서 거의 이야기하지 않는 부부가 있어도 좋다. 어느 쪽이 좋다고 말하는 것이 아니다. 다만 남편의 친구도 모두 자신의 친구라고 생각해서 가족간의 교제를 억지로 강요하는 일만큼은 피했으면 한다. 억지로 강요하면 점차 시끄럽다고 여기게 되고 오히려 그 사실을 비밀로 하는 경우가 생긴다.

설사 가족이라고 해도 모두 서로 다른 사람들의 집합체이다. 사람은 결국 누구나 혼자라는 사실을 마음속에 새겨두어야 한다.

게다가 친구가 많다는 것은 반드시 좋은 일도 아니고 부러워할 일도 아니다. 친구가 너무 많으면 한 사람 한 사람과 깊이 있는 교제를 할 수 없기 때문에 겉돌기 쉽다.

친구의 숫자는 적을수록 좋다. 한 사람이든 두 사람이든 신뢰하고 서로에게 자극이 되는 친구를 갖자. 배우자에게 그런 친구가 있다면 상대방의 친구도 존중해주는 것이 좋다. 존중해준다는 것은 그 사람과 만나서 이야기하는 것도 아니고 함께 식사를 하는 것도 아니다. 남편이 그 친구를 아끼고 존중해주는 기분을 이해해주고 배려해주는 것이다.

'싱거운 사이'도 멋지다

　나와 남편은 서로의 친구범위에 대해서 거의 간섭하지 않는다. 그래서 내 남편은 내 친구들의 모임에는 여간해선 참석하지 않는다. 만약 참석하고 싶어 한다면 가면 그만이기 때문에 억지로 강요하는 일은 없다. 반대로 나 역시 남편 친구들의 모임에 거의 나가지 않는다. 만나는 시간대가 다르고 나도 바쁘기 때문에 무리해서 상대방에게 맞추는 일은 하지 않는다. 두 사람이 모두 아는 친구들인 경우에는 함께 참석할 때도 있지만, 좀처럼 그런 일은 없다.

　그런 우리 부부를 보고 "서운하지 않느냐"고 묻는 친구도 있다. 하지만 서로가 일이나 친구관계에 대해 만족하고 있기 때문에 서운함은 물론이고 그런 감정을 느낄 틈도 없다. 오히려 우리는 가능한 상대방의 범위에 들어가지 않으려고 노력한다.

　두 사람의 사이는 두 사람이 서로를 이해하고 있으면 그만이고, 두 사람만의 시간 이외에는 자유롭게 보내고 싶기 때문이다. 나는 나의 세계를 소중하게 생각하고, 남편은 남편의 세계에서 능력을 발휘하면서 자신의 일을 한다. 만약 두 사람의 생활에서 겹쳐지는 부분이 있다면 그 부분도 소중하게 생각한다. 그것이 우리의 라이프스타일이다. 어쩌면 처음부터 그런 삶이 가능한 상대라고 생각했기 때문에 결혼한 것일 수도 있다.

나는 일을 하고 있기 때문에 오래 전부터 사귀어온 남자친구가 많다. 그런가 하면 남편도 방송국에서 일하고 있기 때문에 여자친구나 만나는 연예인이 있다.

상대방이 누구를 만나는가는 각자의 일과 관련된 것이기 때문에 간섭할 일도 아니고, 무리하게 알 필요도 없다. 그날 무엇을 하고 누구와 함께 있었는가는 사람이기 때문에 알고 싶은 경우도 있지만 가능하면 묻지 않는다. 상대방이 말하고 싶은 일이면 묻기 전에 먼저 말해줄 테니 말이다.

솔직히 나는 누군가 내 일에 대해 미주알고주알 묻는 것이 싫다. 내가 싫어하는 일은 상대방에게도 하고 싶지 않다.

이렇게 보면 우리 부부는 '싱거운 사이'일지도 모른다. 나는 남편이 어떤 일을 하는지도 모르고 직함도 모른다. 그런 일에는 흥미가 없기 때문이다.

남편은 내가 하는 일에 대해 나보다 더 모를 것이다. 나는 프리랜서이기 때문에 내가 언제 원고를 쓰는지조차 모른다. 강연을 할 때는 다른 지역에서 묵는 경우도 많아서 내가 어디에 있는지 장소를 알려주긴 하지만, 그 외에는 아무것도 모른다.

우리 부부는 이따금 롯폰기(도쿄에 있는 젊은이들이 주로 모이는 유흥가—옮긴이)의 바에서 우연히 마주치는 경우도 있다. 각자 자신의 친구나 함께 일하는 동료와 들어갔다가 우연히 만나는 것이다.

부부라고 해도 한 사람의 인간이기 때문에 우리는 자신들만의 다른 세계를 만들어가길 원한다. 두 사람만의 세계는 또 다른 형태로 만들면 되는 것이다.

하지만 이것은 어디까지나 나와 내 남편의 삶이다. 당신에게는 당신에게 맞는 삶이 있다.

'언제나 함께 있는 것'이 좋은 것은 아니다

'어떤 가정을 만들고 싶은가'

라는 물음에,

'남편이 집으로 친구를 데리고 올 수 있는 가정'

이라고 대답한 여성이 많았다고 한다.

가족이 편안하게 휴식할 수 있는 편안한 가정을 의미하는 말일 것이다. 남편의 친구를 존중해주고 아끼는 아내를 좋은 아내라고 생각해서, 남편이 밤늦게 동료를 데리고 와도 싫은 내색 하지 않고 남편을 위해 정성을 다하는 아내. 그런 아내로 당신 자신이 정말로 즐거우면 그만이다. 하지만 왠지 불만스럽고 힘들다고 생각한다면 좋은 아내를 가장하는 것이 반드시 좋은 일은 아니다. 그런 경우 반드시 어디에선가 폭발하기 때문이다. '남편을 위해 이렇게 애쓰고 있는데…'하며 불만이 쌓인다.

당신 자신도 자신에게 정직할 필요가 있다.

결혼하면 자신도 모르는 사이 남편의 세계에 이끌려서 자신의 세계를 잃어버리는 사람들이 있다. 솔직히 이것만큼 마음 아픈 일은 없다. 자신의 친구들과 만나지도 않고 이성과의 교류가 끊기면 그 사람의 세계는 점점 작아진다. 결혼한 뒤에도 친구만큼은 변함없이 이어갔으면 하는 바람이다.

만약 남편이 의심한다면 소개하는 것도 하나의 방법이다. 다만 언제나 남편이 함께 자리할 필요는 없다.

부부가 언제나 함께 있으면 사이가 좋은 것처럼 보이지만, 그것은 어디까지나 겉에서 보기에 그렇게 보이는 것뿐이다. 언제나 함께 있지 않아도 마음 깊이 서로를 신뢰할 수 있으면 된다.

미국과 유럽 등의 경우, 파티에 참석할 때는 대개 부부동반이다. 일본의 아내들은 그런 문화에 대해서 '좋겠다' '부럽다'라고 말한다.

파티에 참가한 서구의 부부들은 겉에서 보기에는 사이가 좋은 듯 보인다. 하지만 실상은 두 사람이 반드시 참석해야 한다는 풍습에 매인 경우가 많다고 한다. 최근에는 부부가 맞벌이를 하는 경우가 많기 때문에 대부분이 각자의 스케줄이 있다. 그런데도 언제나 함께 참석해야 하는 탓에 어느 한 쪽이 무리를 하지 않을 수 없다. 당연히 불만이 터져 나온다.

나이가 지긋한 부부가 여행을 떠나는 경우에도 남편은 무거운 짐을 들고 아내를 에스코트하며 걷는다. 누가 보더라도 아내를 아끼는 사이좋은 부부로 보이지만, 사실은 불만이 쌓여 사이가 나쁜 경우도 많다고 한다. 부부동반이라는 풍습이 서로에게 매이도록 만든 것이다.

나는 그런 풍습이 없는 나라에 태어난 것이 정말 다행이라고 생각한다.

나와 내 남편은 배우자에게 매이지 않은 자신만의 시간을 갖고 친구와 지속적으로 만난다. 함께 시간을 보내자고 하면 함께 보낼 수도 있지만, 대개 서로의 생활에 간섭하지 않는다.

그렇기 때문에 반대로 책임이 따르고 함께 사는 배우자에게 불쾌한 생각이 들지 않도록 노력한다. 그것은 서로가 지켜야할 매너이다.

나는 한 텔레비전 프로그램에서 직업여성 몇 명과 함께 '여자학교'라는 프로그램을 진행한 적이 있다. 그 프로그램을 계기로 우리는 종종 오시마 나기사 씨와 함께 모임을 갖는다.

이따금 부인이 동석하는 경우도 있는데, 오시마 씨의 부인은 돌아갈 시간이 되면,

"나는 내일 일이 있어서 먼저 실례할게요. 우리 남편 잘 부탁해요."

라고 말하고 먼저 돌아간다.

우리들에게 남편을 맡기고 일어설 때마다 나는 그 타이밍의 절묘함과 매너 있는 태도에 감탄하곤 한다. 서로의 일, 서로의 생활을 존중하는 부부의 모습을 그들 부부에게서 본다.

부부라고 해도 하나의 사람과 사람이다. 두 사람만의 또 다른 세계를 만들어야 한다.

나와 내 남편에 맞는 삶이 있듯 당신에게는 당신에게 맞는 삶이 있다.

이렇게 하면 서로를 이해할 수 있다

무리하지 않고 배우자의 부모에게
호감 사는 비결

솔직하게 보여주기

인간관계에서 어려운 것 중의 하나가 바로 배우자의 부모와의
관계이다. 다른 환경에서 자랐으니 서로에 대해 어색함을 느끼는
것은 당연하다. 문제는 그 차이를 서로가 어느 정도 받아들일 수
있는가, 이해할 수 있는가 이다.

자신의 가족환경과 비교하거나 친구의 남편 가정과 비교하는

것은 삼가는 것이 좋다.

또한 양가의 습관이나 입맛이 다른 것은 당연하다고 생각하고 그 차이를 즐길 수 있는 마음의 여유를 가질 수 있기를 바란다.

처음부터 좋은 사람이라는 인상을 심어주기 위해 자신의 생각을 표현하지 않고 무리하는 사람들이 있지만 그것은 바람직하지 않다. 모르는 일이 있다면 모른다고 솔직하게 말하고, 반대로 흥미를 느끼는 일이 있다면 배우면 되는 것이다. 시부모의 마음에 들고 싶어 하는 마음은 이해하지만, 진실은 언젠가는 드러나기 마련이다.

좋은 아내, 좋은 며느리로 보이기 위해서 하는 연기는 숨이 막힌다. 점차 연기하는 것이 어려워지고 그 동안 쌓인 불만이 한꺼번에 폭발했을 때는 정말이지 걷잡을 수 없다.

며느리와 시어머니가 좋은 관계를 유지하는 경우는 처음부터 서로가 꾸밈없이 솔직하게 부딪히면서 인간관계의 하나로 만들어갔을 때이다. 그러면 설사 처음에는 오해가 생기더라도 시간이 지나면서 조금씩 서로를 이해하게 된다. 반대로 시어머니와 며느리 모두 하고 싶은 말을 하지 않고 단지 참기만 하면 어디에서든 그것을 발산해야 하기 때문에 뒤에서 험담을 하게 된다.

내 남편은 외아들로 누나가 두 명, 여동생이 한 명 있다. 남편이 외아들이고 시누이가 많은 것은 며느리로서 힘든 부분이지만, 나는 직업을 갖고 있었고 처음부터 못하는 일은 못한다고 확실하게 해두는 것이 좋다고 생각했었다. 시댁 쪽에서는 며느리들이 보통 하는 것처럼 해주길 바랄 때도 있었지만 나는 시댁에서 기대하는 일들을 잘 하지 못했다. 게다가 나의 하루 일과 속에서 시부모를 돌본다는 것은 시간적으로도 쉽지 않았다. 나는 남편과 함께 살기 전에 그 점을 분명히 했다. 그 대신 다른 형태로 내가 할 수 있는 일을 하겠다고 생각했다.

보통의 며느리가 못하는 일이지만 내가 할 수 있는 일도 있었다. 다행히 시부모님은 호탕한 면이 있어서 처음부터 나를 일하는 사람이라고 생각해주었다.

여간해선 둘이 함께 시부모님을 찾아 갈 여유도 없지만, 일단 가면 나는 시아버지의 이야기 상대가 되어드렸다. 오래 전에 돌아가셨지만 시아버지가 건강하셨을 때는 시아버지의 술 상대를 해드리면서 시아버지의 젊은 시절 이야기를 듣곤 했다.

며느리라면 대부분이 부엌일을 하지만, 나는 시부모님의 살림을 잘 모른다. 그래서 말씀하시는 대로 같이 앉아서 시아버지의 이야기 상대를 해드렸던 것이다. 그쪽이 나에게는 맞았다. 남성들의 젊은 시절 이야기를 듣는 것은 결코 싫증나지 않고, 그 나름대로 얻는 것도 있다.

반대로 나는 세상 이야기를 잘 못한다. 홍미도 없고 무슨 말을 해야 좋을지 모르기 때문에 잘 어울리지 못한다.

시댁에서는 나를 그런 사람으로 이해해주기 때문에 여자들이 하는 살림살이에 대해서는 기대하지 않는다. 그것은 내 입장에서는 깊이 감사해야할 일이다.

만약 내가 처음부터 좋은 며느리로 점수를 따기 위해 하지도 못하는 일을 시작했다면 어떻게 되었을까. 지금쯤 지쳐있을 것이 틀림없다.

당연한 일이지만 부모와 교제 방법도 무척 다양하다. 배우자의 부모에게도 좋은 점이 있는가 하면 나쁜 점도 있기 때문에 처음에 상대가 어떤 사람인지 파악하는 것도 중요하다.

가장 문제가 되는 것은 자신의 자식을 탐애하는 모친에 의해 남편이 과보호를 받으면서 자란 경우이다. 예를 들어 어떤 부모는 자신이 없으면 자식이 아무것도 하지 못한다고 생각하여 아들과 밀착된 관계를 유지한다.

아들을 떠나지 못하는 부모와, 부모를 떠나지 못하는 아들의 예는 세계 어느 나라든지 있다. 그뿐 아니라 결혼과 동시에 자식을 빼앗겼다고 생각하는 어머니도 많다. 그런 경우에는 가능하다면 분가하기를 권한다.

20대의 자식을 둔 부모라면 대부분이 아직은 50대이다. 동거가 불가피한 경우라면 두 사람만의 삶의 방식을 확립한 이후에 동거를 시작하는 것이 좋다. 그러면 함께 살더라도 어느 정도는 독립된 삶을 유지할 수 있을 것이다.

호의를 전할 말이 없을 때—선물로 마음 표현하기

부모와 자식간의 이상적인 거리를 흔히 '스프가 식지 않는 거리'로 비유한다. 가깝지도 않고 멀지도 않은 정도가 좋다는 말이다. 밀착되지도 지나치게 소원하지도 않은 어중간한 사이라는 말도 하지만, 지나치게 밀착된 관계가 되지 않도록 하는 것이 좋다.

부모는 자신의 부모나 배우자의 부모를 가리지 말고 좋은 관계를 유지하는 것이 좋다. 좋은 관계를 유지하기 위해서는 역시 마음을 표현하는 것이 중요하다. 그 방법에 대해 생각해보자.

연말이나 명절 등과 같이 많은 사람들이 챙기는 날보다는 생일에 좋아하는 것을 선물하는 것도 좋은 방법이다. 생일을 기억해주었다는 사실만으로도 기뻐할 것이다. 게다가 부모들 세대는 자신을 위한 물건은 여간해선 사지 못하는 세대이기 때문에 작은 것이라도 마음에 들어 할 선물을 준비해보면 좋다. 취향이 유별난 사람을 제외하고는 대부분 그 마음을 기분 좋게 받아준다.

그 다음으로 어버이날 같은 기념일에 작은 꽃 등을 선물하는 것도 좋다. 나도 어버이날만큼은 반드시 기억해두었다가 꽃을 선물한다. 꽃을 받고 불쾌해하는 사람은 없다. 굳이 비싼 꽃다발이 아니어도 좋다. 장미 한 송이나 작은 꽃바구니라도 정성껏 준비해보자.

나는 시아버지가 입원했을 때 침상의 베갯머리에 손에 잡힐 정도의 작은 꽃바구니를 준비해두고 병문안을 갈 때마다 꽃을 갈아드리곤 했었다. 시아버지는 꽃바구니에 다른 꽃이 장식되는 것을 무척이나 즐거워 하셨다.

다른 하나는 전화나 편지를 이용하는 것이다. 편지는 마음을 느낄 수 있어서 좋지만, 몇 번 쓰지 못하고 귀찮아지거나 시간만 버리고 못 쓰기 일쑤이다. 그런 점에서 생각해보면 전화는 간단해서 좋다. 아무런 용건이 없더라도 이따금 걸어보자.

"몸이 멀어지면 마음도 멀어진다"는 말도 있듯이 연락을 하지 않으면 관계도 점차 소원해진다. 전화만 걸더라도 어느 정도는 마음이 전해지기 마련이다.

나는 친정어머니가 혼자 살기 때문에 가능하면 매일 밤 전화를 한다. 국내에 있을 때는 직장에서도 반드시 전화를 건다. 시어머니의 경우에는 다행히 시댁 근처에 시누이가 살고 있어서 안심이지만, 그렇지 않았다면 친정어머니에게 하듯 매일 전화를 걸었을 것이다.

부모가 젊은 동안에는 상관없지만, 나이가 지긋하다면 자식으로서 부모님을 위하는 마음을 가졌으면 한다. 자식이 20대인 경우라면 부모는 아직 젊기 때문에 심각하게 생각하지 않아도 되겠지만, 부모가 예순을 넘게 되면 부모에게 좀더 관심을 갖고 대할 수 있도록 지금부터라도 준비를 해야 할 것이다.

나의 어머니는 자주 말하신다. "나이를 먹으니 사소한 말 한마디라도 마음이 담긴 따뜻한 말이 기쁘더구나."라고.

마음이 담긴 따뜻한 말을 건네는 것도 자신의 친부모에게 하는 것은 어색하게 느껴질지도 모른다. 반대로 남편의 부모라면 부끄러움 없이 말할 수 있다.

하지만 그것도 쉬운 일은 아니다. 시댁 쪽에만 하자니 친정에 하지 못하는 것이 섭섭한 생각도 들 것이다. 그렇다고 두 쪽에 모두 하는 것은 더더욱 어렵다. 친정 쪽에만 하면 그땐 시댁 쪽에 좋은 인상을 주기 어렵다.

결혼하면 두 사람은 이미 독립된 하나의 가정을 이룬 것이기 때문에 경제적으로나 정신적으로나 독립하는 것이 당연하다. 결혼한 뒤에도 경제적으로 부모에게 의지하거나 무슨 일을 하던 사건건 부모와 상의한다면 시간이 흘러도 부모에게서 독립할 수 없다.

결혼은 호적만 보더라도 남편과 아내로서 새롭게 하나의 가정을 만드는 것임을 알 수 있다. 아내가 배우자의 집에 들어가는 것이 아니다. 따라서 두 사람이 책임감을 가지고 자신들만의 삶을 만들어가야 한다.

웃어른에게 신뢰를 얻는 간단한 방법

앞에서 나의 남편이 외아들이라고 했지만, 사실 나는 외동딸이다. 그 때문인지 친정어머니의 마음 한 구석에는 나를 남편에게 빼앗겼다는 생각이 아무래도 지워지지 않았던 모양이다. 무슨 일이라도 생기면 친정어머니는 남편에 대해 불평을 터뜨리기 일쑤이고, 말수가 적은 남편의 성격 때문에 종종 오해가 생기기도 한다. 남편은 남편대로 인사만 한번 하면 끝날 일을 그렇게 하지 못하기 때문에 중간에 낀 내 입장이 난처할 때가 있다. 나는 어떻게든 친정어머니와 남편 사이의 오해를 풀려고 해보지만, 자칫 잘못하면 친정어머니의 입장에서 보면 내가 남편의 편을 든다고 받아들이기 십상이다.

배우자의 부모와 좋은 관계를 맺기 위해서는 역시 중간에 선 사람이 확고한 생각을 갖고 있어야 한다.

친정어머니와 남편을 어떻게든 융화시키는 것은 내 역할이고, 시어머니나 시댁 친척과 내가 좋은 관계를 유지하는 데는 남편의 힘이 크게 작용한다. 좋은 관계를 유지하기 위해서는 냉정하게 판단해야 한다. 감정적으로 어느 한 쪽을 편들면 꼬일 일이 아닌데도 꼬이게 된다. 그리고 일단 꼬이기 시작하면 악의가 없었던 일도 악의로 비쳐지고 하나하나 신경에 거슬리기 시작한다.

오해는 작을 때 풀지 않으면 점차 커진다.

현실이 어떠하든 자신과 인연이 있어서 함께 사는 사람의 부모다. 처음부터 시아버지나 시어머니라는 고정관념을 갖고 상대방을 보기보다 한 사람의 인간으로 대해보면 어떨까 싶다.

자신의 부모도 상대방의 부모도 어디까지나 자신들보다 경험도 많고 오랜 산 사람들이기 때문에 그들 나름대로 오랜 세월 깨달은 것이 있다.

웃어른으로 존경해야 한다는 마음을 잊지 않고 대하면 인간 대 인간으로 이해하지 못할 일은 없다.

5

미래에 후회하지 않기 위해

아이를 낳기 전에 생각해 둘 일

일하는 여자의 출산, 육아문제

과거에는 결혼이냐 일이냐의 양자택일이 많았다고 앞에서도 썼다. 그 당시에는 여자가 결혼하면 일을 그만둘 거라고 당연한 듯 생각했고, 결혼한 뒤에도 직장을 계속 다니면 빈정거림을 피할 수 없었다.

나는 한때 방송국의 아나운서였다. 아나운서라는 직업은 전문직이지만 여자 선배들 가운데 대부분은 결혼과 동시에 일을 그만 두었다.

그만두지 않으면 '근무시간 이외에는 일을 하지 않는다' '열정이 없다' 등등의 빈정거림을 들어야 했기 때문이다. 하물며 아이라도 생기면 불러 오른 배에 대해 듣기 거북한 말은 예사로 하고 '언제 그만둘 거지?'라고 노골적인 말까지 서슴없이 해대곤 했다. 옆에서 듣기에도 거북할 정도였다.

그런 말은 대부분이 남성들에게서 나오는 말이다. 그때마다 여자 선배가 가엾게 생각될 정도였다. 그런 소리를 들으면서도 열심히 제 할 일을 하는 사람은 극소수였고, 대부분은 견디지 못하고 그만두었다. 모두 몇 천 대 일의 경쟁률을 뚫고 입사한 사람들인데 말이다.

지금은 그런 식으로 빈정거리는 일은 없다. 임신을 했다고 해서 커다란 배를 부끄럽게 생각하는 사람은 찾아보기 어렵고 열심히 일하는 여성들을 남성들이 응원해 주는 직장도 있다.

요즘은 결혼해서 아이가 생기더라도 계속 일해주길 바라는 직장도 늘었다. 그렇게 하지 않으면 직원 교육에 들인 비용을 회수하지 못하는 경우도 있기 때문이다. 퇴직하더라도 출산과 육아가 일단락지어지면 다시 복직하길 바라는 곳도 있다. 여성들이 일하기 쉬운 세상이 된 것이다.

이제는 결혼이냐 일이냐의 양자택일의 시대가 아니다. 양립은 물론이고, 아이가 태어나도 일을 계속하는 조건이 갖추어져 있다. 그런데 이처럼 외적인 조건이 갖추어져 있음에도 불구하고 여성 쪽에서 직장을 그만두는 경우가 셀 수 없이 많다.

결혼은 그렇다 쳐도 아이가 태어나면 그만둔다. 그 이유는 일을 계속하고 싶어도 아이를 맡아줄 곳이 없고 돈이 들기 때문이다. 그래서 결국 일을 그만둔다.

육아는 남자가 해도 상관없는 일이지만, 엄마가 되고 나면 역시나 아이에게 신경이 간다. 특히 아이가 병이 났을 경우에는 일 때문에 도저히 외출할 수 없는 상황이 되면 몸이 갈기갈기 찢기는 심정이 된다. 그런 일을 한두 차례 겪으면서 집에 있는 쪽을 선택하는 것이다.

아이와 함께 보내는 시간은 밖에서 안달하며 지내는 것보다 마음이 편하다. 그래서 자신도 모르는 사이 모성애에 이끌리는 것이리라. 직장을 나가기 위해 아이를 맡기면 엄마가 자신의 아이를 돌보는 경우와 달리 돈이 든다. '나만 집에 있으면…'이라는 결과가 자연스럽게 나오는 것이다. 이런 경우, 단지 모성애 때문에 혹은 주변 상황 때문에 어쩔 수 없이 일을 그만두는 일만큼은 없길 바란다. 그렇게 해서 일을 그만두게 되면 대부분 나중에는 후회한다. 나중에 후회하지 않으려면 일을 그만두든 계속하든 자신의 의지로 분명하게 결정해야 한다.

야마구치 모모에 씨(일본의 전설적인 여가수이자 배우-옮긴이)가 완전히 연예계를 은퇴한 지금도 인기를 누릴 수 있는 것은 그녀의 은퇴가 멋있었기 때문이다. 그는 가수로서 많은 사랑을 받고, 배우로서도 연기력을 인정받던 시기에 미련 없이 방송활동을 접었고, 은퇴한 이후에는 한번도 텔레비전에 얼굴을 보이지 않았다.

그 멋진 끝맺음과 결단력이 사람들 사이에서 그녀에 대한 호감으로 이어졌다. 그것이 가능했던 것은 은퇴가 다른 누구의 의견이 아닌 그녀 스스로의 결단으로 이루어졌기 때문이다. 그리고 그녀는 그것을 실천에 옮겼고, 지금까지도 지키고 있다.

그 장렬하기까지 한 의지력이 사람들을 감동시키는 것은 아닐까. 나도 야마구치 모모에 씨의 팬이어서 그가 결혼하던 무렵만 해도 재능 면에서 보더라도 배우자가 될 남자 쪽이 연예계에서 은퇴하고 야마구치 모모에 씨가 계속 활동하는 것이 좋을 거라고 생각했었다. 하지만 그 결단력 있는 은퇴 의사에는 솔직히 선뜻 수긍할 수 없는 무언가가 있었다.

또 다른 사람을 예로 들어보자. 마츠다 세이코 씨(가수, 1980년 데뷔한 이래 최고의 아이돌에서 아티스트로 시대를 앞서간 일본 음악 사상 불멸의 대기록 소유자—옮긴이)는 결혼하고 아이를 낳았지만 은퇴하지 않았다.

"나는 노래를 좋아하기 때문에 언제까지든 노래를 부르고 싶어요."

그것이 마츠다 세이코의 의지이다. 그녀도 자신의 의지를 멋있게 관철했다. 일부에서는 출산까지 이용한다는 비판도 있었지만, 그녀에게는 그만큼의 가치가 있었던 것이다. '일을 하고 싶다'는 마음은 시종일관 바뀌지 않았다. 그렇기 때문에 결혼을 한 뒤에도 출산한 뒤에도 인기는 떨어지지 않았다. 결혼도 일도 출산도 모두 그녀 자신의 선택이었다. 일을 계속하고 싶다는 의지가 은연중에 팬들에게 전달된 것이 아닐까.

만약 두 사람이 그만두고 싶지 않은데 그만두어야 했거나, 일을 하고 싶지 않지만 계속해야 했다면 벌써 예전에 인기가 떨어졌을 것이다. 모든 것은 기본적으로 그 사람 자신의 의지에 달려 있다.

당신의 경우도 마찬가지이다. 일을 그만두더라도 일을 계속하
더라도 어떤 상황에서든 결단력을 가지고 자신이 선택한 일이라
고 생각하길 바란다. 주위 사람들 때문에 어쩔 수 없었다고 다른
사람에게 이유를 전가시켜서는 안 된다.

남편의 탓으로 돌리는 것은 더 비겁하다. '남편이 그렇게 말했
다'는 것은 자신에게 의지가 없다는 말과 다름없다. 남편과 의견
이 다르더라도 자신이 계속해서 일을 하고 싶다면 남편이 이해해
줄 때까지 대화하면서 자신의 생각을 전달해 보는 것은 어떨까
싶다.

'야마구치 모모에 씨나 마츠다 세이코 씨는 남편을 잘 만난 거
야.'

라고 남편을 탓해선 안 된다. 야마구치 모모에 씨의 남편 미우
라 도모카즈(72년 탈렌트로 데뷔하여 74년 영화 '이즈의 무희'에
서 야마구치 모모에와 함께 출연, 80년에 야마구치 모모에와 결
혼했다. 영화배우, 작가로 활동하고 있다—옮긴이) 씨는 결혼한 후
에 일을 계속하는 것에 대해서는 확실히 아내의 의지에 맡겼다고
한다. 그리고 마츠다 세이코 씨의 남편 간다 마사키(현재 일본의
영화배우 겸 연예인으로 활약하고 있다. 85년에 마츠다 세이코와
결혼하여 97년에 이혼했지만, 친구로서 좋은 관계를 유지하고 있

는 것으로 알려져 있다 -옮긴이) 씨도 '아내가 원하는 대로 했다'
고 하니, 두 사람 모두 여성을 배려할 줄 아는 남성이다. 하지만
결론을 내리기 전까지 두 커플은 상당히 많은 대화를 했음이 틀
림없다. 그리고 결국 아내인 여성의 의견을 존중한 것이 아닐까.

만약 당신의 의지가 강하다면 당신의 남편도 설사 자신의 의견
과 다르더라도 당신의 생각을 인정해줄 것이다. 그것이 애정이다.
당신을 사랑한다면 결국에는 당신을 존중해줄 것이다.

'그만두고 싶지 않았다'는 생각이 언제까지고 남는다

여기에서 중요한 것은 상대방이 이해할 수 있게 스스로 노력하
거나 자신의 의지를 전달할 수 있는가이다. 자신이 선택한 길이라
면 어떤 상황에 직면하더라도 대부분 후회하지 않는다. 하지만 남
편이 원하지 않기 때문에 혹은 주위에서 이런저런 말을 듣는 것
이 싫어서 선택했다면 다른 사람의 탓으로 돌리면서 반드시 후회
하게 된다.

내 친구 중에 나와 마찬가지로 방송국에 입사했던 친구가 있다.
나는 NHK에서 아나운서로 일했지만, 친구는 민영방송사에 들어
가서 제작 쪽 일을 했다. 재능이 많았던 그 친구는 크게 기대하지
않고 썼던 드라마가 입선되었던 적도 있고, 게다가 미인이어서 인

기도 많았다.

　드라마 연출을 준비하던 즈음에 친구는 한 남성을 알게 되어 결혼을 했다. 첫아이를 출산했을 때는 가정부의 도움을 받으면서 계속 일을 했지만 둘째 아이를 갖게 되자 결국 회사를 그만두었다. 그 친구는 애초부터 직장을 그만두는 것을 원하지 않았다. 그리고 마음속으로도 그만두고 싶지 않았지만 주변 상황 때문에 그렇게 된 거라고 생각했다.

　아이들이 학교에 들어갈 나이가 되자 친구는 갑자기 우울증에 걸렸다. 우울증이 발병하게 된 직접적인 원인은 특별히 없었지만, 친구는 일을 그만둔 것이 원인이라고 생각했다.

　"나도 너처럼 일을 계속했다면 이렇게 되진 않았을 거야. 그때 그만두지 말았어야 했는데…."

　라고 말하면서 친구는 소리 내서 울기도 했다. 나는 그때 뭐라고 위로해야 좋을지 몰라 망설였다.

　그런 일이 있고 얼마 후 친구는 전근 가는 남편을 따라 규슈로 가서 다시 마음의 안정을 찾았다. 아이들이 성장하면서 틈틈이 소설을 쓰기 시작하더니, 처음 쓴 작품이 동인지의 1위로 입선되기도 했고, 두 번째 작품도 좋은 반응을 얻어 한 방송국의 응모소설 가작으로 뽑히기도 했다. 역시 재능은 잠자고 있었을 뿐, 조금도 녹슬지 않았던 것이다. 그 일을 계기로 그 친구는 다시 일어설 수 있었다. 생기 넘치는 그의 감성에 공포감이 느껴질 정도로 완성도가 높았다.

하지만 친구에게 다시 갑작스럽게 우울증이 도졌다. 집안일도 하지 못할 정도로 아무것도 하고 싶은 의욕도 없이 '자살하고 싶다'고 말하면서 누워 지냈다. 이번에도 뚜렷한 원인은 없었다. 굳이 원인을 말하자면, 두 아이가 대학을 졸업하고 취직하여 어른이 된 것이다. 한순간에 온 몸에서 기운이 빠지고 무력감이 엄습한 것이다.

소설을 쓰긴 했지만 일이라고 말할 정도까지는 아니었다. 친구는 남편과 단 둘이 지내면서 자신은 앞으로 무엇에 의지해서 살아야 할까 생각했을지도 모른다. 설상가상으로 그녀의 가장 친한 친구 중에 나처럼 일을 계속하는 사람이 있다. "친구와 비교하면 난…" "그 때 나도 일을 계속했다면 지금쯤…" 하고 생각하면서 직장을 그만두었던 그 순간으로 다시 돌아가는 것이다.

그만두고 싶지 않은데 주위의 사정으로 계속할 수 없었다, 좀 더 참았으면 못 할 것도 없었는데 그만뒀다―그 후회가 언제까지고 친구를 따라다녔다. 그것을 가장 잘 아는 사람은 다름 아닌 자기 자신이기 때문에 더 괴로웠을 것이다.

지금 20대인 젊은 당신에게는 미래 자신의 모습이 보이지 않겠지만, 내 친구의 경우를 생각해보면서 한 번 더 깊이 생각했으면한다. 스스로 선택했는가, 스스로 결정했는가, 아무리 생각해도주변 사정이 허락하지 않는다고 하면 그 상황을 극복할 수 있는방법은 없는가.

육아는 여성만의 문제가 아니다. 남자도 당연히 참가해야 한다.남자도 육아에 참가해서 얻을 수 있는 것이 있다.

결혼은 두 사람의 생활이다. 두 사람의 아이이기 때문에 서로에게 협조해야 하고, 따라서 어느 한쪽만 희생당하지 않는, 후회없는 방법을 찾을 수 있기를 바란다.

그것이 언제까지고 활기 있게 남자와 여자로 살아갈 수 있는비결이다.

이제는 결혼이냐 일이냐의 양자택일의 시대가 아니다.
양립은 물론이고 아이가 태어나도 일을 계속하는 조건을
만들어야 한다.
육아는 부부의 일이지 여자만의 일이 아니다.

6

집안일은 여자의 일 –
그 '상식'이 남자를 망친다!?

남자, 집안일 시키기

집안일이라고 할 때 사람들은 어떤 것을 생각할까.

우선 떠오르는 것은 청소, 빨래, 요리 같은 것이다. 분명 그것도 집안일이지만 그것이 전부가 아니다. 집안일이라고 하면 집과 관련된 일로, 생활의 모든 것을 일컫는 말이다. 의식주, 교육, 경제, 생활에 필요한 모든 것을 포함한다. 생활하지 않는 사람은 없으니

125

까 모두 집안일과 관계가 있다.

그렇게 생각하면 한 집에 사는 사람은 어떤 사소한 것이든 반드시 한 가지 집안일을 분담하는 것이 당연하다.

과거에는 집안에서 남자아이든 여자아이든 자연스럽게 무엇이든 한두 가지씩 집안일을 했다. 물론 남편에게도 분담된 일이 있었다.

내가 어렸을 때 우리 집에는 집안일을 도와주는 가정부가 있었지만, 어머니는 가정부와 아침식사를 준비하고 아버지는 매일아침 이불을 개서 얹는 일을 하고, 나는 집 앞을 청소했다. 가족 모두가 집안일 하는 것을 너무나 당연하게 생각했었다.

하지만 요즘은 아이에게 공부만 잘 하면 된다고 말하는 시대여서 집안일은 아무것도 시키지 않는다. 아이들은 학원에 다니기 바쁘고 자신의 방에서 나오질 않는다. 집안일을 아이 때부터 자연스럽게 익히지 않기 때문에 성인이 되어 갑자기 집안일을 해야 하는 상황에 맞닥뜨리면 그것이 특별한 일이라고 생각한다.

특히 결혼이라도 하게 되면 갑자기 피할 수 없는 '집안일'이 여자의 눈앞에 놓이게 된다. 그 전까지 집안일을 해본 적이 없는 만큼 어쩐지 부자연스럽고,

"나도 피곤하다구."

라고 투덜거리게 된다.

남편의 눈에도 해야 할 집안일이 눈에 들어오지만, 마찬가지로 해본 적이 없기 때문에 아내를 도우려고 하지 않는다. 결국 집안일은 여자 차지가 된다.

나는 부부가 맞벌이를 하든 하지 않든 남성도 집안일 하나쯤은 하는 것이 당연하다고 생각한다. 그것은 여성을 위한 것이 아니라, 남성 자신을 위한 일이다.

요즘은 언제 무슨 일이 일어날지 모르는 세상이다. 만약 자신의 속옷이 어디에 있는지도 모르고, 아내가 없으면 음식 하나 만들지 못하고 물조차도 끓일 줄 모른다면 그것은 비극이다. 가령 지방으로 전근을 가서 가족들과 떨어져서 혼자 생활하거나 외국에서 생활하는 경우, 아무것도 못하는 사람은 노이로제에 걸리거나 여자에게 속기 쉽다.

자신이 살아가는 데 필요한 최소한의 집안일도 스스로 해결하지 못하는 남성은 자립했다고 말하기 어렵다. 경제적으로는 자립했다고 해도 완전히 자립했다고는 보기 어렵다.

맞벌이를 하는 경우에는 서로 좀더 협력하면서 피곤한 쪽을 도와야 한다. 역할분담으로 집안일을 의무지우기보다 자연스럽게 자신 있는 부분을 솔선해서 상대방을 도우면 가사분담과 관련된 문제는 좀더 수월하게 풀어갈 수 있을 것이다.

솔선해서 집안일을 하는 남자로 키우는 방법

우리 부부의 이야기를 하면 나의 남편은 요리하는 것을 좋아한다. 직장생활을 하기 때문에 요리를 할 수 있는 것은 토요일과 일요일뿐이지만, 휴일에는 메뉴를 정해서 장을 보고 혼자 계획을 세워 요리를 한다.

나는 토요일과 일요일은 강의 등으로 외출이 잦은 편이어서 피곤한 몸으로 지방에서 돌아오기 일쑤다. 피곤한 몸으로 귀가했을 때 늘 상이 차려져 있는 것이 기쁘고 남편에게 감사하고 있다.

나는 요리에는 자신이 없다. 꼼꼼하지 못한 성격인데다 주변 사람들로부터도 손재주가 없다는 말을 자주 듣는다.

반대로 남편은 꼼꼼하고 손재주가 있다. 칼을 다루는 데도 일가견이 있어서 야채든 뭐든 예쁘게 자른다. 그래서 요리는 요리를 좋아하는 남편이 하고, 나는 그 대신 뒷정리를 한다. 하지만 집안을 꾸미는 것은 내가 좋아하는 일이어서 대체로 내가 한다.

남성들은 뭔가를 하면 대체로 집중해서 하기 때문에 한번 시작하면 여러모로 궁리를 해서 솜씨가 나날이 좋아진다. 그런 남성의 능력을 발휘하도록 유도하는 것이 중요한 포인트다. 따라서 장기적인 안목으로 보면 남성이 해놓은 집안일에 대해서는 불평을 하지 말아야 한다.

여성 가운데는 그 자리에서 불만을 말하는 사람이 있다. 남편이 장을 보면 '돈을 너무 많이 썼다'고 바로 투덜거리고, 부엌일을 하다가 음식을 조금이라도 태우면 '그만둬요, 내가….'라고 무안을 준다. 이것이 잘못된 것이다.

나는 아무 말도 하지 않고 가만히 지켜본다. 그리고 칭찬을 해준다. 그렇게 몇 차례 장을 보면 불필요한 것이 무엇인지 스스로 깨닫는다. 요즘 나의 남편은 장보는 솜씨가 나보다 훨씬 낫다.

우리 집에서는 남편이 요리를 하지만, 목공일을 좋아하는 남편이라면 무엇인가 필요한 것을 만들어달라고 할 수도 있다. 정원손질을 좋아하는 사람이라면 화단손질도 좋을 것이다. 무엇이든 자신 있어 하는 일부터 시작해보자.

'남편은 뜨거울 때 때려라!—신혼 때 해둘 일

집안일하는 습관은 가능하면 결혼 초부터 습관을 들이는 것이 좋다.

"쇠는 뜨거울 때 때려라."라는 말이 있지만, 부부 사이에서도 두 사람의 사이가 뜨거울 때 습관을 들이는 것이 좋다. 그렇지 않고 시간이 흘러 습관을 들이려고 하면 그만큼 어려움이 따른다. 남편이 당신에게 열을 올릴 때 생활주변의 일 가운데에서 무엇이든 한 가지 집안일을 할 수 있게 하면 된다. 상대방에게 푹 빠져 있는 신혼 초에는 대부분 어떤 부탁이든 들어주기 마련이다. 어쨌든 그 기간에 습관을 들여야 한다. 시작이 중요하다. 그것이 습관이 되면 남편도 자연스럽게 집안일을 할 수 있다.

또한 신혼 초에 여자 쪽에서도 주의해야 할 일이 있다. 남편을 사랑하는 마음에 마음이 약해져서 처음부터 남편이 해달라는 대로 해주는 경우도 있다. 그렇게 하면 나중에는 아내가 없으면 아무 일도 못하는 남자가 되고 만다.

도와주고 싶어도 마음을 독하게 먹고 불필요한 도움은 주지 말아야 한다. 자신이 아무리 힘들어도 남편에게 모든 것을 다 해주고 싶다면 어쩔 수 없지만 말이다.

나는 조금만 무리를 해도 쉽게 피로감을 느끼는 편이고, 피로가 누적되면 불평을 늘어놓는다. 그래서 힘에 부친다고 생각되면 하지 않는다.

가령 피곤하면 집안이 어질러져서 있어도 청소는 다음날로 미룬다. 방이 조금 지저분한 정도로 죽지 않는다는 생각을 하면서. 일을 할 때는 어쩔 수 없이 무리를 하기도 하지만 그 대신 사생활에서는 휴식을 취한다.

우리 부부가 함께 식사하는 것은 일주일에 한두 번뿐이다. 남편의 귀가가 늦어지는 경우 식사를 하지 않고 남편을 기다리는 아내들이 있지만, 나는 그렇게 하지 않는다. 기다리고 있으면 불만이 쌓이기 때문에 나는 내 자신의 페이스에 맞춘다. 누군가가 나를 기다리는 일도 부담스러운 일 중의 하나다. 다시 말해서 자유로워지고 싶다면 상대방의 자유도 인정해줄 필요가 있다.

남자가 하지 않는 것은 여자 탓…?!

남편들이 결혼 초에 집안일을 도와주더라도 중간에 변할 수도 있으니 안심해선 안 된다. 결혼 전에는 친절하고 무슨 일이든 해주던 사람이 결혼하고 나면 손바닥을 뒤집듯 바뀌는 경우도 흔히 있다. 그뿐 아니라 결혼하고 몇 년이 지난 뒤에 무엇인가를 계기로 바뀌기도 한다.

내 남편은 오랜 자취생활로 무슨 일이든 직접 하는 것이 습관이 되어 결혼한 후에도 할 수 있는 일은 스스로 했다. 하지만 이집트에서 중동특파원으로 지내던 무렵, 나와 함께 지내던 반년 동안 남편은 집안일에서 차츰 손을 떼기 시작했다.

그때 나는 일본에 있을 때만큼 일에 쫓기지 않았기 때문에 가능하면 부지런히 집안일을 했다. 남편은 그런 내 모습을 보고 스스로 할 필요가 없다고 생각했던 모양이다. 당연한 일이지만 안 하는 것이 편하기 때문에 남편은 아무것도 하지 않게 되었다.

그 쯤 되면 남편의 자립능력까지 빼앗는 수준이었다. 나는 귀국을 앞두고 조금씩 원래대로 되돌리기 위해 노력했다. 내가 집안일을 하지 않자, 남편은 자연스럽게 다시 직접 집안일을 하기 시작했다.

집안일의 분담은 상대적인 것이어서 한쪽이 하면 다른 한쪽은 하지 않는다. 그 균형을 현명하게 조절해야 한다. 만약 일을 계속하고 싶다면 특히 신경 써야 할 부분이 이것이다.

멋진 남성이란 함께 사는 여자의 개성을 인정하고 그 사람을 존중해주는 사람이다. 하지만 가장 가까이 있는 사람을 소중하게 생각하지 못하는 남성이 우리 주변에는 아주 많다.

내 친구 가운데도 그런 사람이 있다. 직장이나 밖에 나와서는 여자의 재능을 인정하고 실력 있는 여성에게 꾸준히 일자리를 주어야 한다고 말하면서도, 막상 자신의 아내가 일을 하고 싶다고 말하면 난색을 보인다. 집안일을 하는 사람이 없으면 어떻게 할까 싶어 불안한 것이다.

문제 해결의 열쇠는 역시 결혼 초에 있다. 결혼 초부터 고삐를 늦추지 말고 스스로 알아서 하는 남편으로 변화시켜가자.

자취생활을 경험한 남성은 어쩔 수 없는 상황에서 집안일을 한 적이 있기 때문에 집안일이 몸에 배어 있다. 가장 어려운 경우는 어머니가 모든 뒤치다꺼리를 해준 남성이다. 그런 남성에게는 아내인 자신은 어머니와 다르다는 것을 이해시키고 앞으로는 다른 삶이 시작된다는 사실을 깨닫도록 해야 한다.

나이가 들어서 시작하려면 늦는다. 그것은 남성 자신에게도 괴로운 일이다.

20대에는 아직 먼 이야기라고 생각하겠지만, 남성은 정년이 되거나 나이가 들었을 때 밖에서 할 일이 없어지면 의기소침해진다.

여자는 대개 죽음을 앞둔 순간까지 집안일이 따라다니기 때문에 몸도 움직이고 긴장된 상태로 지낸다. 하지만 남자는 바깥 일이 없어지면 활기를 잃는다. 나이가 들어서도 행복한 사람은 생각을 바꾸어서 집안에서 일을 찾는 사람이다. 정원 손질이든 요리든 집수리든 집안일 한 가지쯤 자신의 손으로 할 수 있으면 활기 있게 지낼 수 있다.

당신의 아버지나 어머니를 보면 쉽게 이해할 수 있을 것이다. 대개 어머니는 건강하지만 아버지는 바깥일을 그만두면 의기소침해지고 갑자기 늙는다. 남자 체면에 집안일은 할 수 없다는 생각으로 집안에서는 아무것도 하지 않고, 거기에 취미까지 없는 사람은 정말이지 불쌍하다.

당신의 남편을 그런 남자로 만들어선 안 된다. 노년에 활기 있는 삶을 살기 위해서라도 "남편은 뜨거울 때 때려라."라는 말을 기억해두어야 한다.

멋진 남성이란 함께 사는 여자의 개성을 인정하고 그 사람을 존중해주는 사람이다.

문제 해결의 열쇠는 역시 결혼 초에 있다. 결혼 초부터 고삐를 늦추지 말고 스스로 알아서 하는 남편으로 변화시켜가자.

7

두 사람의 생활설계를 위한 힌트

'나만의' 현명한 돈을 모으는 법·쓰는 법

결혼식이 화려하면 추억으로 살 수 있다?!

물질이 풍족한 시대에 자란 사람들은 결혼식을 올릴 때부터 물
질적으로 풍족한 상태로 출발한다.

전자제품은 모두 갖추어져 있고, 차도 있다. 다만 도시에서는
그 많은 혼수품을 놓아둘 집만큼은 너무 비싸서 엄두를 내지 못
한다.

결혼할 때 "숟가락과 젓가락만 있으면 된다."라는 말은 요즘 젊은 사람들에게는 통하지 않는다. 숟가락과 젓가락만 있으면 된다고 하면 그것으로 어떻게 사느냐고 말하는 사람도 있다.

마치 텔레비전과 오디오 등의 전자제품이 없는 생활은 '상상조차 할 수 없다'는 투다. 아무것도 없는 상태에서 두 사람의 삶을 만들어가면서 물질을 채워가는 것이 아니라, 처음에 물질이 있고 나중에 두 사람의 삶이 따라간다. 한마디로 결혼이 물질에 끌려가는 꼴이다.

하지만 결혼은 물질이 없어도 성립된다. 결혼에서 가장 중요한 것은 남자와 여자다. 결혼이 성립되기 위해서는 우선 두 사람의 인간이 있어야 한다는 점을 이해해야 한다. 결혼식이라는 의식이나 다양한 혼수품을 준비하는 것이 결혼이 아니다. 결혼의 근본은 두 사람의 인간이다.

그 두 사람이 어떻게 생활을 만들어갈 것인가를 생각해야 한다. 결혼식이나 신혼여행 등과 같은 신혼생활 처음 며칠에 모든 것을 쏟아 붓는 실수는 하지 말아야 한다. 많은 사람들이 그런 것들을 위해서 단 며칠 만에 큰 돈을 써버리고 생활비를 걱정하면서 불평 속에서 산다. 생활의 토대는 하루하루의 생활이고, 생활하는 데는 돈이 필요하다.

돈은 가능하면 두 사람의 앞으로의 삶을 위해 떼어두자. 그리고 하루하루를 즐기자. 가진 돈을 한번에 써버리면 그 후에는 추억만으로 살아야 한다.

"결혼식 때는 이랬어."

"저 사람은 신혼여행에서 정말 멋있었어."

라고 과거를 떠올리며 살아야 한다. 결혼이 그런 삶이라면 왠지 허전하지 않은가.

사람은 미래를 바라보지 않으면 의미가 없다. 그렇기 때문에 단 며칠에 돈을 써버리기 보다 미래를 준비하는데 썼으면 싶다. 지나간 과거는 아무리 그리워해도 결코 돌아오지 않는다.

몇 번이나 반복하는 것 같지만, 결혼식이나 여행에 지나치게 돈을 들이지 않았으면 한다. 대부분의 사람들은 다른 사람이 했다는 이유로 똑같은 것을 하기 위해 그 많은 돈을 쓴다. 무슨 일이든 '남이 하는 만큼' 하려는 것이 잘못된 길을 가는 지름길이다.

한 가지라도 여유 있게—삶에는 이런 연출도 필요하다

생활은 남이 하는 만큼이 아니라 자신의 분수에 맞아야 한다. 결혼생활을 설계할 때도 주변사람들의 시선을 의식하거나 잡지나 텔레비전을 흉내 내기보다 자신은 어떻게 하고 싶은가, 어떻게 살고 싶은가부터 생각해보았으면 한다.

만약 자신들 부부의 생활에서 음악을 빼놓을 수 없다면 그것을 위한 장치를 마련하는데 돈을 들이면 된다. 그리고 드라이브를 좋아하고 여행을 좋아한다면 그것을 생활의 중심에 두면 된다. 모든 것을 갖추고 모든 것을 하겠다고 생각하기보다 단 한 가지라도 여유 있게 자신들의 삶에 초점을 맞추어 보는 것이다.

돈은 한정이 있기 때문에 자신이 진짜로 좋아하는 것이 아니면 참는 것도 돈을 현명하게 쓰는 방법이다. 마구잡이로 유행을 쫓지 않는 것도 중요하다.

우리 부부는 두 사람 모두 고가구와 도자기를 좋아한다. 그래서 여행지나 골동품 가게에서 마음에 드는 것을 보면 대부분 구입한다. 이따금 값이 꽤 비싼 물건도 있어서 그것을 구입하기 위해 다른 부분에서 절약해서 자금을 모으기도 한다.

우리 집을 찾아오는 친구나 지인은 모두 한결같이 말한다.

"저 텔레비전은 도대체 언제 산 거야?"

나의 남편은 방송국에 근무하고 있고, 나도 일찍이 방송국에서 일했다. 하지만 집에서는 일에 대해 생각하지 않으려고 하기 때문에 거의 텔레비전을 보지 않는다. 보는 것이 있다면 기껏해야 뉴스와 이따금 보는 옛날 영화 정도다. 그렇기 때문에 우리는 텔레비전에는 돈을 들이지 않는다. 화면만 제대로 볼 수 있는 정도면 된다고 생각한다. 남편이 좋은 화질로 보아두어야 할 프로그램이 있을 때도 별 문제는 없다. 직장인 방송국에서 보면 되니까.

부엌에 있는 밥솥도 오래됐다. 아무런 장식도 없는 밥솥은 취사와 보온만 되는 심플한 것이다. 그 밥솥은 우리가 함께 살기 시작했을 즈음 산 것이지만 아직도 밥맛은 충분히 좋다.

그리고 우리 집에는 전자렌지가 없다. 요리는 이따금 집에 있을 때 하는 탓에 시간을 절약해서 빨리 만들기보다 가능한 시간을 들여서 만드는 것을 좋아하기 때문이다. 특별히 불편한 것도 없고 최신 전자제품을 갖고 싶은 생각도 없다. 우리는 우선 그런 것에는 관심이 없다.

그 대신 일상생활에서 매일 쓰는 밥그릇의 경우에는 좀 다르다. 가능하면 정말 좋아하는 것을 찾아서 쓴다.

이것이 우리 부부가 사는 법이다. 돈은 가구와 도자기에 들이고 새로운 전자제품에는 쓰지 않는다. 그런 자신들 부부만의 관심이나 연출을 만들어갔으면 하는 바람이다. 무엇이든 남을 흉내 내서 똑같은 것을 가지려고 하기보다 자신들의 삶을 위해 돈을 쓰자. 그렇게 하면 마음도 풍요롭고 여유가 생긴다.

즐거운 인생을 위해 마음껏 투자하라

지인의 아들 중에 인테리어 가게를 운영하고 싶어 하는 스물다섯 살의 청년이 있다. 그는 자신의 꿈을 위해 열심히 적금을 붓고 있는데, 불필요한 지출은 철저하게 줄인다. 부모와 함께 살고 있고 결혼을 약속한 연인과의 데이트도 거의 자신의 집에서 한다고 한다. 그렇게 하는 것이 돈이 들지 않기 때문이다.

그래도 그 정도는 괜찮다고 생각한다. 질리도록 밖에서 데이트를 즐기지 않는다는 점이 젊은 사람답지 않다는 생각이 들기도 하지만, 그는 자신의 가게를 가질 때를 손꼽아 기다리면서 절약할 수 있는 것은 절약하려고 안간힘을 쓰고 있다.

요즘 같은 시대에 시내 중심가에서 작은 인테리어 가게를 갖는다는 것은 쉬운 일이 아니다. 하지만 그에게는 목표가 있기 때문에 트럭으로 가구를 배달하는 지금 일이 싫지만은 않다.

요즘도 유행을 쫓아 놀기만 하는 것이 아니라 뭔가 흥미 있는 일을 찾는 젊은이들이 있다. 내가 아는 어떤 젊은이는 좋아하는 음악도 듣고 보통 젊은이들처럼 길거리를 지나가는 젊은 여성들에게 데이트를 신청하기도 한다. 그리고 시대 흐름 속에서 자신만의 삶을 익혀가고 있다.

그는 얼마 남지 않은 결혼식도 가능하면 돈을 들이지 않고 회비제로 피로연을 열고, 지금까지 모은 돈은 장래에 오픈 할 가게를 위해 쓸 거라고 한다.

생활설계란 단지 현명하게 돈을 모으는 것이 아니다. 무엇을 위해 모으고 어떻게 쓸 것인가가 더 중요하다. 그것은 사람마다 달라도 상관없다. 자신들만의 개성 있는 삶을 위한 개성적인 생활설계를 세우는 것이 가장 좋다.

요즘 시대를 재테크 시대라고 흔히 말하지만 일본인은 모두 주식 등으로 돈을 늘리는 일에 흥미를 갖고 있다.

돈을 늘리는 일도 분명히 중요하다. 하지만 젊었을 때는 자신을 위해 모은 돈을 쓰는 일도 마찬가지로 중요하다. 자신을 위해 돈을 쓰고 자신의 가치를 좀더 높이는 것을 나는 좋아한다. 젊었을 때부터 별스럽게 단지 돈을 모으는 데만 집착해서 돈, 돈하며 사는 모습을 보면 어쩐지 씁쓸한 생각이 든다.

결혼을 한 다음에도 마찬가지다. 나는 두 사람을 위한 것이라면 무리해서 아끼려고 생각하지 않는다. 아이가 생기면 사정은 조금 달라지겠지만.

우리 집은 두 사람 모두 일하고 있기 때문에 공동으로 들어가는 비용은 각자의 수입에서 공동으로 부담하고, 나머지 각자의 수입은 각자가 직접 관리하면서 쓴다. 자신에게 돈을 들이는 것이 결과적으로는 일의 성과를 올리는 데도 도움이 된다.

다른 사람과 같은 것을 하기 위해서가 아니라, 자신이 하고 싶은 일을 하기 위해서, 혹은 자신의 인생을 위한 것이라면 돈을 얼마를 쓰든 적금을 얼마를 붓든 상관없다. 다른 사람에게 불편을 주지 않는 한 다른 사람들에게 무슨 말을 듣든 신경 쓸 필요는 없다. 그것이 훨씬 나이가 든 뒤에 즐거운 인생을 보낼 수 있는 비결이다.

20대부터 노후를 안정적으로 보내기 위한 일만을 생각하는 인생은 재미가 없다.

생활은 남이 하는 만큼이 아니라, 자신의 분수에 맞아야 한다.
결혼생활을 설계할 때 주변사람의 시선을 의식하지 말고
어떻게 살고 싶은가부터 생각해보아야 한다.

chapter 3

자신의 능력을 마음껏 발휘하는
일하는 법 · 생각하는 법

각자에게 맞는 라이프스타일이 있다

일과 사생활의 균형, 이렇게 잡자.

일의 효용, '싫다!'는 생각을 버려라

즐겁게 일하면서 활기를 찾는다

당신은 무엇을 위해서 일하는가. 그렇게 물으면 왜 갑자기 그런 생각하기도 싫은 것을 묻느냐고 되묻는 사람이 있을지도 모르겠다. 하지만 이 질문은 이따금 생각해보는 것도 나쁘지 않다.

언젠가 그렇게 묻는 나에게 '이 일을 하는 것은 여기에 일이 있기 때문이다'라고 말했던 사람이 있다. '왜 산을 오르는가.'라는 물음에 '거기에 "산"이 있으니까.'라고 대답하는 것과 같은 생각이다. 일에 대해 그 정도로 생각한다면 인생을 이미 달관한 사람이라고 해야 할지도 모르겠다.

유럽 사람들은 놀기 위해 일을 한다고 말한다. 여름휴가나 크리스마스휴가를 즐겁게 보내기 위해서 평소에 열심히 일하는 사람들이 많다. 그들에 비하면 일본인은 일하기 위해서 일한다는 말을 자주 듣는다. 특히, 40대, 50대 가운데는 일을 하지 않으면 어떻게 지내야 할지 모르는 사람도 많다. 그것은 슬픈 일이다.

최근에는 일본의 젊은이들 중에도 여가를 즐기는 사람들이 늘어서, 놀기 위해 일한다고 말하는 사람도 있다. 일할 때는 일하고 놀 때는 놀 줄 알면 된다. 단 문제가 되는 것은 일하는 시간을 노는 시간의 연장으로 바라보는 자세다.

일하는 목적이 단지 유흥비용을 마련하는 한 가지뿐이라면 그것도 씁쓸한 일이 아닐 수 없다. 그런 생각으로 일한다면 일하는 대부분의 시간은 죽은 것과 다를 바 없다. '죽었다는 생각으로 일한다'고 말하는 사람이 있지만, 일하는 시간 동안 죽었다고 생각한다면 일하는 시간 동안에는 어떤 즐거움도 느낄 수 없다. 가능하면 일을 할 때도 의욕적으로 일했으면 하는 바람이다. 그렇게 하려면 일을 어떻게 이해해야 할까.

당신은 누구를 위해 일을 하고 있는가. 회사를 위해서? 국가를 위해서? 부모를 위해서…? 농담하지 말라는 대답이 돌아올지도 모르겠다. 그러면 친구를 위해서? 애인을 위해서? 아니다. 그렇다. 당신은 다른 누군가가 아닌 자신을 위해서 일하고 있는 것이다.

일에 대한 여성과 남성의 차이를 보면 여성은 자신을 위해 일을 하고, 남성은 사회나 조직이나 국가나 대의명분을 위해서 일한다. 그렇기 때문에 남성은 사회나 조직이나 직위를 대표하는 얼굴이 되는 동시에 자신의 얼굴은 없앤다. 그런 점에서 보면 여성은 언제나 자신의 얼굴을 계속 유지한다. 대의명분이 아닌, 자신을 위해 일하기 때문이다.

특히 젊은 사람들은 타인을 위해서가 아니라, 자기 자신을 위해 일하려고 한다. 그렇다면 일도 자신을 위해서 하자. 일하는 자신의 시간을 무의미하게 보내지 않도록 일하는 시간과 일하는 자신을 아끼고 존중했으면 한다.

일을 하면서 즐겁게 살기 위한 연출은 타인이 해주는 것이 아니라 스스로 만들어가야 한다. 그렇다. 일은 만들어가는 것이다. 그림을 그리고, 글을 쓰는 예술분야만이 만드는 것, 즉 창조적인 것이 아니다. 어떤 일이든 그 속에서 자기밖에 할 수 없는 궁리를 하고 연구하는 모든 것이 바로 창작이다.

아주 잠깐 동안 생각해보는 것도 좋고, 아주 사소한 것이라도 좋다. 그렇게만 해도 일하는 시간이 즐거워진다. 싫다는 생각을 하면서 일하는 것만큼 무의미한 일은 없다.

일하는 것도 위안이 될 수 있다

당신은 지금까지 일을 해서 정말 다행이라고 생각한 적은 없는가.

실연했을 때와 아버지가 돌아가셨을 때, 만약 내게 해야 할 일이 없었다면 틀림없이 더욱 깊은 슬픔에 잠겨 있었을 것이다. 어쩌면 정신적인 불안을 극복하기 어려웠을지도 모른다. 나와 비슷한 경험을 한 사람도 있을 것이다.

어떻게든 출근을 해야 하고, 해야만 하는 일이 눈앞에 있으면 실의에 빠져있을 겨를이 없다. 정신을 바짝 차리지 않으면 안 되기 때문에 일하는 동안만큼은 슬픔이나 괴로움을 잊을 수 있다.

나는 지금까지 일로 인해서 도움을 받은 적이 많다. 앞에서도 썼지만, 실연을 당했을 때도 일과가 너무나 바쁜 나머지 그 일을 처리하는 데 온통 정신을 쏟아야 했기 때문에 실연의 아픔을 이겨낼 수 있었다. 만약 그 때 내게 일이 없었다면 어쩌면 자살을 했을지도 모른다.

마찬가지로 아버지가 돌아가셨을 때도 나는 슬퍼할 겨를조차 없을 정도로 너무나 바빴다. 장례식을 전후해서 밤을 새우고 친인척을 맞아야 하고 할 일이 무척이나 많았다. 그러고 보면 장례식과 49재 등은 바쁜 일과를 통해서 슬픔을 잊기 위한 인간의 지혜가 아닐까 생각하게 된다.

내 경우를 보더라도 사생활에서 괴로운 일을 맞았을 때는 언제나 일이 가르쳐준 셈이다. 반대로 일이 잘 풀리지 않을 때는 친구나 여행 등의 사생활이 내 마음을 위로해주었다.

좌절했을 때는 해외여행을 가자

좌절했을 때 초조해 해서는 안 된다. 무슨 일이든 초조해 할수록 발이 늪에 빠진 것처럼 그 상황에서 벗어나기 어렵다. 때로는 가만히 지켜보는 것도 중요하다. 나도 한때 일이 잘 풀리지 않아서 초조한 마음으로 새로운 일을 시작했던 적이 있다. 그러나 결과적으로 크게 실패하고 더 큰 실의에 빠졌다. 초조한 마음으로 무엇을 하면 나쁜 결과를 내기 쉽다.

그 일을 계기로 나는 배운 것이 하나 있다. 좌절할 때는 차분하게 있어야 한다는 것이다. 그래서 초조한 마음을 버리고 한 번 더 내 주변을 바라보면서 냉정을 되찾는다. 일을 잊고 노는 것이다.

평소 일에 매여 자주 연락하지 못했던 친구에게 편지를 쓰거나 전화를 걸고 만나거나 함께 식사를 한다.

여행을 떠나는 것도 좋다. 그것도 가능하면 해외여행이 좋다. 국내에 있으면 걸려오는 전화도 많고 이쪽에서도 전화를 걸게 된다. 주변에서 보고 듣다 보면 괴로운 일을 떠올리기 마련이다. 해외로 나가서 국내와 다른 풍물을 접하고 다른 사람들의 삶을 보다보면 좌절감을 말끔히 씻어버릴 수 있다. 적어도 그 기간 동안은 잊고 지낼 수 있다.

비행기가 이륙할 때 느끼는 기분만큼 상쾌한 것은 없다.

이륙과 동시에 잠깐이나마 현실과 이별하는 것이다. 그러면 나를 묶었던 손과 발의 족쇄가 풀린다. 자유로워진 기분은 마음까지 가볍게 해준다.

일주일이든 사흘이든 좋다. 그렇게 여행으로 시간을 보내고 돌아오면 생각이 달라진다. 어느 시점에선가 자신의 기분이 단절되어 있다. 좌절한 것에 대해서 혼자 끙끙 앓지 않고 어느 한 시점에서 싹둑 잘라버리는 것이다. 그것은 의지의 힘이고 그런 강인함은 필요하다. 강한 의지를 갖도록 노력하면 되지만, 인간은 나약해서 여간해서는 그렇게 하지 못한다. 기분을 전환하기 위해 여행을 떠난다고 하면 현실을 도피하는 것이라고 비난할지도 모르지만, 잠시라도 자신의 현실에서 떠나보는 것은 좋다. 그렇게 하면 현실을 냉정하게 바라볼 수 있는 여유를 얻을 수 있다. 소용돌이에 휩쓸리면 누구든 정확하게 판단하기 어렵기 때문이다.

요컨대 일과 사생활의 균형을 잡아주는 것이 중요하다.

일을 한다는 것은 이렇게 멋지다!

일을 해서 정말 다행이라고 나는 늘 생각한다.

나는 특히 다른 사람보다는 내 자신을 먼저 생각하고 감정에 쉽게 휩쓸리는 편이다. 그래서 만약 일을 하지 않았다면 어떻게 되었을지 모를 일이다. 대학에 다닐 때만 해도 쉽게 우울증에 걸리곤 했지만, 일을 시작한 후로는 눈코 뜰 새 없이 바쁘게 지내는 동안 말끔히 나았다.

몸도 약했지만 나도 모르는 사이 건강해졌다. 늘 적당히 긴장하고 있기 때문에 일이 바쁠 때는 아프지 않다. 오히려 여유가 생기면 감기에 걸린다.

직장생활을 하던 때는 곁에 있던 직장 선배들도 좋았다. 처음 전근을 했던 지방 방송국에서 여자 아나운서는 어느 여자 선배와 나 둘뿐이었다. 그 여자 선배는 맡겨진 일은 무슨 일이든 척척해냈기 때문에 나는 언제나 선배와 비교되곤 했다. 나는 그 때마다 괴로웠다. 하지만 선배를 흉내 내는 것만 가지고는 부족했기 때문에 나에게만 있는 나만의 비결을 찾고자 노력했다. 나는 그 선배처럼 요령은 없었지만 생각하는 것만큼은 질 수 없다고 생각했다. 각자가 자신 있게 어떤 일을 해낼 수 있는 방법을 갖고 있다면 그 방법으로 하면 된다. 다른 사람과 다른 것이 바로 개성이기 때문이다.

일을 해서 좋은 점은 일과 관련된 많은 사람들을 만날 수 있었다는 것이다. 만난 사람들을 통해서 처자식을 먹여 살리는 남성의 어려움도 알 수 있었고, 경쟁사회의 현실도 알 수 있었다. 사람은 사람들과의 관계 속에서 조금씩 성장한다. 사회에 대해서 그리고 일에 대해서도 자각하게 된다. 조급해 할 필요는 없다. 자기 자신에게 귀를 기울이면 언젠가 일하는 의미도 깨닫게 될 것이다.

그것을 위해서라도 자신에게 관대해서는 안 된다. 비바람을 맞는 것이 싫고 힘들어도 그곳에 가는 데 의미가 있다. 좋아하는 것을 편할 때 하는 것은 일이 아니다.

직장에서 근무하다보면 출퇴근시간에 매이고 상사에게 싫은 소리를 듣는 것이 싫겠지만, 사실은 누군가에게 매인 것만큼 편한 일은 없다. 자신을 스스로 얽어매는 것은 더 강한 의지가 필요하다.

나도 직장에 근무했을 때는 자유업을 동경하곤 했다. 자유업의 경우 놀 생각만 하면 얼마든지 놀 수 있다. 하지만 그런 생각을 하는 자신을 일할 수 있게 만들기 위해서는 부단한 노력이 필요하다. 편한 것으로 말하면 내 경우에는 회사에 근무했을 때가 훨씬 편했다.

일을 하면서 즐겁게 살기 위한 연출은 타인이 해주는 것이 아니라 스스로 만들어가야 한다.
일을 하면서 아주 잠깐 동안 생각해보자. 아주 사소한 것이라도 좋다.
그렇게만 해도 일하는 시간이 즐거워진다. 싫다는 생각을 하면서 일하는 것만큼 무의미한 일은 없다.

2

‘그 마음가짐’만 잊지 않으면 반드시 찾을 수 있다

‘보람’으로 하루하루가 즐거워진다

어떤 여성의 이야기

대학을 졸업한 한 여성이 취업 상담을 위해 나를 찾아왔다.

"전 뉴스 앵커가 되고 싶은데요, 어떻게 하면…"

나는 내심 큰일이다, 생각했다.

우선 그 사람에게 어째서 뉴스 앵커를 희망하는지 이런저런 질문을 해보았다. 그 이유라는 것이 우선은 다른 사람의 시선을 받을 수 있고, 앵커라고 하면 교양이 있어 보이고 인기직종이라는 등의 표면적인 것뿐이었다. 뉴스 앵커라는 직업이 어떤 것인가, 어떤 사람이 적성에 맞는가도 파악하지 않고 단지 한번 해보고 싶다는 정도였다.

내가 보기에 지금 일본에서 뉴스 앵커에 적합한 사람은 거의 없다고 해도 무방할 정도다. 다양한 분야에서 경력을 쌓고 다양한 뉴스에서 자신의 생각을 제대로 말할 수 있는 사람은 과연 몇이나 될까.

뉴스를 단지 읽기만 해서는 뉴스 앵커라고 말하기 어렵고, 외국어를 잘하기만 해서도 안 된다. 오랜 시간 동안 다양한 경험을 쌓지 않으면 안 된다.

경력은 다양하게 경험하는 것을 뜻한다. 커리어라는 외국어로 말하면 멋있게 들리지만, 경력이라는 말로 바꾸면 평범하기 이를 데 없다.

일본에도 앵커라는 이름에 걸맞은 실력 있는 여성이 있지만, 이상하게도 젊은 사람만 앞으로 내세운다. 마치 수학공식처럼 남성 앵커는 4, 50대이고 여성은 2, 30대라는 현실은 결코 기뻐할 일이 아니다. 젊고 아름답고 쓰기 쉬울 때만 채용되는 현실을 직시했으면 한다.

진정한 의미의 여성 시대가 되기 위해서는 경력을 쌓은 여성이 인정받아서 등용되지 않으면 안 된다. 그러기 위해서 여성 쪽은 묵묵히 실력을 쌓아갈 수밖에 없다.

"앵커는 보람이 있을 것 같다…."

라고 말하는 여성도 많다. 그렇다면 과연 보람이란 무엇일까. 조금 삐딱하게 말하면, 그 보람이라는 것도 다른 사람의 이목을 끌고 텔레비전에 나오는 정도가 아닐까 싶다.

말할 것도 없이 진짜 보람은 그런 것이 아니다. 보람이란 그 일을 해서 얻는 자신의 만족감이다. 텔레비전에 출연해서 사랑받는 것을 만족감으로 생각하면, 그것도 보람이라고 할 수 있을 것이다. 하지만 그런 것은 오래 가지 못한다.

우선은 그런 당치도 않은 생각을 하는 사람이 앵커를 한다는 자체가 시청자들에게 받아들여질 리 없다. 알맹이가 없는 것은 바로 드러나기 마련이다. 앵커가 된다는 것은 결코 쉽게 볼 일이 아니다. 끊임없는 노력이 필요한 직업이다. 정치와 경제를 포함해서 신문은 모두 보아야 하고, 책을 많이 읽어서 어떤 뉴스가 들어와도 그 자리에서 대응할 수 있도록 해야만 한다.

사건이나 사고를 비롯해서 피비린내 나는 현장이나 비참한 장면에서도 냉정한 판단을 내릴 수 있는가. 용기를 가지고 소용돌이

속으로 뛰어들 수 있는가. 겉모양만 생각해선 할 수 없는 직업이다. 용기와 침착한 판단력도 키워둘 필요가 있다.

내가 일에서 보람을 느꼈을 때, 그 '얄궂은 운명'

나는 스물두 살에 대학을 졸업하고 방송국에 들어갔다. 입사 면접에서는 근무지가 도쿄라고 해서 그렇게 알고 있었지만, 입사한 뒤 바로 지방으로 발령이 났다. 나는 나고야였고, 다른 동기 세 명이 발령받은 곳은 각각 히로시마와 삿포로, 마츠야마였다.

집을 떠나 남자들만 있는 기숙사에 들어가 원룸 생활을 시작했다. 옆방에는 여자 선배가 지냈다.

당시 신입사원 아나운서는 3개월 가까이 목소리 한번 내지 못했다. 내가 처음 받은 일은 'NHK'라는 단 한마디였다.

사회나 디스크자키, 인터뷰 등은 모두 10년이 넘는 선수들이 한다. NHK는 전국에 5백 명이 넘는 아나운서가 있지만 그 가운데 이름이 알려진 아나운서는 과연 몇 명이나 될까. 텔레비전 화면에 자주 등장하는 사람은 대여섯 명이 고작이다. 나머지는 대부분 눈에 띄지 않는 곳에서 남모르게 일하고 있는 것이다.

신입으로 허드렛일을 하고 있던 무렵, 그 해 대형 태풍이 나고야를 강타했다. 그 태풍으로 5천 명이 넘는 사망자가 나왔다. 나고야에서는 연일 현장중계가 계속되었고 지원팀까지 갔지만 일손은 여전히 부족했다.

급기야 입사한 지 얼마 되지 않는 나까지 현장으로 불려나갔다. 장화를 신고 물이 빠지지 않은 재해지역으로 향했다. 악취가 진동하고 폐사한 소와 닭이 둥둥 떠 다녔다. 학교와 구민체육관에는 유골이 든 관이 쌓여 있었는데, 그곳에서도 중계 지시가 떨어졌다. 관이 안치된 모양이며 유족의 슬픔 등 아직까지도 기억에 생생한 점보항공기 사고 때와 같은 분위기였다.

처음에 나는 무섭다는 생각 이외에는 아무런 생각도 들지 않았다. 하지만 현장에서 중계하지 않았으면 하고 생각한 다음 순간, 모든 잡념이 날아갔다. 부모를 잃은 어린아이가 물이 들어왔던 당시의 이야기를 해주었다. 그 때였다. 그 어린아이 말에 대답하면서 나는 순간적으로 내 눈이 빛나는 것을 느꼈다.

내가 처음으로 일하는 보람을 느낀 것은 얄궂게도 그렇게 많은 사람의 생명을 앗아간 재해에서였다. 그때 그 기분은 지금도 잊지 못한다.

자신을 망치는 '8시간', 살리는 '8시간'

일에 몰두할 때, 사람의 눈에서는 빛이 발한다. 보람을 느끼기 때문이다.

멋있어 보이는 일이기 때문에, 다른 사람의 주목을 받기 때문에 보람을 느끼는 것이 아니다. 하물며 일의 종류로 보람의 유무가 결정되는 것은 더더욱 아니다. 어떤 일이든 일을 하는 사람이 어떤 생각으로 일에 임하는가. 그 자세가 어떠냐에 따라서 보람을 느낄 수도 있고 느끼지 못할 수도 있는 것이다.

내가 아나운서를 하면서 보람을 느꼈던 것은 내가 하고 싶은 일을 하기 때문이 아니었다. 내가 정말 하고 싶었던 일은 글쓰기였다. 하지만 그런 일자리가 없었고, 아나운서 일은 내가 절반쯤 좌절한 상태에서 시작한 일이었다. 솔직히 나는 사람들 앞에 나서서 말하는 것이 가장 자신이 없었다. 하지만 아나운서가 된 이상, 어떻게든 열심히 해야겠다고 생각했다.

보람은 직종이나 일의 종류에 따라 생기기도 하고 안 생기기도 하는 것이 아니다. 어떤 일이든 그 일을 하겠다는 각오만 있으면 보람을 찾을 수 있다.

하루에서 깨어 있는 시간 중 가장 긴 시간은 일하는 시간이다. 나는 그 8시간을 낭비하고 싶지 않았다. 그 8시간은 '싫다'는 생각으로 살아도 8시간이라는 사실만큼은 변하지 않는다. 싫다고 생각하면 지각도 잦아지고, 눈동자도 빛을 잃어 추해진다. 나 자신을 망치고 싶지 않았기 때문에 지금 있는 곳, 지금 하고 있는 일에서 사는 즐거움을 찾고자 했던 것이다. 당신도 가장 가까운 주변부터 스스로를 점검하고 한 가지라도 보람 있는 일을 시작해 보기 바란다.

예를 들어 나는 이런 노력을 했다. 프로그램을 안내할 때도 처음 10초간의 인사에 신경을 썼다. 조금 과장하여 표현하면 목숨을 걸었다. 그런 노력 속에서 힘을 얻었고 자연스럽게 일하는 즐거움을 얻을 수 있었다.

그런 즐거움은 아무도 가르쳐주지 않는다. 게다가 즐거운 일이나 보람 있는 일은 저절로 굴러들어 오지도 않는다. 몇 차례 말했지만, 환경이나 일의 종류에 따라 보람의 유무가 결정되는 것이 아니다. 어떤 일이든 자신의 일이라고 생각하면 스스로 보람을 찾을 수 있다.

알아주는 사람이 아무도 없다고 해도 상관없다. 노력한 결과를 인정할 수만 있으면 된다. 자기 스스로가 인정할 수 있는가 없는가. 스스로 일에서 재미를 찾을 수 있는가 없는가. 재미를 찾고 그것을 인정하는 것이 바로 보람이다.

사실 보람 있는 일일수록 힘들다. 표면적으로 좋아 보이는 일일수록 그 뒤편에는 힘든 일도 많고 그만큼 노력도 해야 한다.

해외취재를 예로 들어 보면 공짜로 해외에 나가서 좋게 보일지도 모르지만, 공짜만큼 비싼 대가를 치르는 것은 없다. 그 경우 계약금을 미리 받기 때문에 감기에 걸리든 열이 나든 강행군을 해야만 한다.

따라서 촬영중에 사자에게 습격당하거나 표범에게 물려도 끝까지 일을 해내야 한다. 그뿐 아니다. 당신이라면 미개척지에서도 활짝 미소를 지으면서 그들이 먹는 것과 똑같은 음식을 먹을 수 있는가.

무엇이든 일이 되면 힘든 법이다. 멋있게 보이는 일일수록 눈에 보이지 않는 어려움이 많다. 특히 방송은 느긋하게 여행을 하면서 편안하게 만들어지는 것이 아니다.

그런 힘겨움 속에서 열심히 일하다 보면, 어느 순간 자신의 눈이 빛나는 것을 스스로 느낄 때가 있다. 그것이 보람을 느끼는 순간이고 그 순간을 얻기 위해 모두 필사적으로 많은 시간을 노력하는 것이다.

'한 걸음 더' 내딛을 수 있는가?

일을 즐기는 사람, 즐기지 못하는 사람

'맞지 않는다'고 생각하는 사람이 성공하는 이유

무슨 일이든 계속한다는 것은 대단한 인내와 에너지가 필요하다. 오에 겐자부로 씨의 작품 중에 『지속하는 목표』라는 책이 있지만, 무슨 일이든 지속하는 것이 정말 중요하다. 중간에 몇 번을 실패하더라도 끝까지 목표를 가지고 계속 노력하는 사람이 마지막까지 남는다.

내 주변 사람들 중에도 일선에서 사람들을 보면 처음에는 눈에 띄지 않았던 사람이 많다. 많은 시간이 지난 뒤 서서히 실력을 인정받기 시작했다.

처음 시작이 화려한 사람은 그 일을 지속하지 못한다. 사랑을 받기 시작하면 처음 들이던 노력만큼 노력을 들이지 않기 때문에 결국에는 그동안 참으면서 실력을 키운 사람들에게 밀려난다. 그렇게 생각하고 보면 처음에는 오히려 수수하고 눈에 잘 띄지 않는 쪽이 나은 것 같다. 심지가 굳고 자신이 하겠다고 생각한 일을 하는 사람이 되어야 한다.

내가 처음 했던 '수다 떠는 일'도 애초에 말을 잘 하는 사람은 성공하지 못했다. 말을 잘하는 사람은 노력하지 않고 말만하기 때문에 말이 가벼워진다. 생각하지 않고 말하기 때문에 마음에 남지 않는다는 인상을 주기 쉽다.

평소에 많이 고민하고 사람들과 수다 떠는 것을 싫어하는 사람이 말하는 일을 하면 의외로 그 일을 잘 해낸다. 평소에는 나서서 말하지 않는 사람이라도 그것이 일이 되면 가만히 있을 수 없기 때문에 말하는 것에 집중한다. 그것이 자신의 일이라고 자신을 타이르면서 박차를 가하는 것이다. 그런 자신과의 싸움이 바로 일이다. 싫다고 생각하는 자신과 싸우면서 망설임이나 두려움을 이기고 일하는 것이 중요하다.

말수가 적은 사람은 평소에 마음속에 많은 생각을 담아두는 경우가 많은데, 말을 해야 하는 일을 하면서 그 생각들을 쏟아놓는다. 그러면 단순히 말이 많은 사람이 한 말보다 인상에 남는다. 못한다고 해서 피하기만 해서는 어디에서도 자기의 몫을 다할 수 없다. 따라서 자신에게 맞지 않는다고 간단히 포기하는 것만큼 아까운 일은 없다.

내가 아나운서가 되었을 때 의외라고 생각했던 것은 내 주변의 선배 아나운서가 모두 평소에는 말수가 적다는 사실이었다. 평소에 말 잘하고 재미있는 사람은 방송에서는 오히려 재미가 없다.

스즈키 겐지(텔레비전 방송이 시작된 초창기부터 활약한 아나운서로 많은 프로그램을 진행했고, 현재 아오모리 현에서 문화 어드바이저로 활동하면서 현립 도서관관장을 역임하고 있다-옮긴이) 씨를 비롯해서 스타로 불려지는 사람들은 평소에는 말수가 그렇게 많지 않다. 하지만 그들은 일단 일을 시작하면 다른 사람이 된다. 연예인도 마찬가지다. 다모리(학창시절 '모던재즈연구회'에서 사회를 본 경험이 있었으나 졸업 후에는 보험회사의 영업사원, 볼링장의 지배인 등을 했고 직업을 연예인으로 바꾼 이후 음악 프로그램을 비롯한 다양한 분야에서 사회를 맡아 활동하고 있다-

옮긴이) 씨도 내성적인 편이어서 평소에는 바에서도 혼자 말없이 술을 마신다. 기타노 다케시(일본영화 <하나비> <기쿠지로의 여름> 등의 감독이자 일본을 대표하는 코미디언으로 많은 유행어를 만들어냈다. 한때 교통사고로 연예계활동을 중단하기도 했지만, 저작활동과 함께 영화감독으로 꾸준히 작품을 내놓으면서 활발하게 활동하고 있다-옮긴이) 씨도 무척이나 수줍음을 잘 타는 편으로, 말을 할 때 사람의 눈을 보지 않는다. 내연녀의 기사를 실은 잡지사에 항의 방문을 갔을 때도 혼자가 아닌 무리를 거느리고 갔던 것은 어쩌면 수줍음을 잘 타는 성격 탓이었는지도 모른다. 니시가와 기요시(만담을 주로 하는 연예인으로 방송활동을 했으며, 현재 참의원 의원이며, 후생노동위원회의 위원이다-옮긴이) 씨의 경우는 진지하게 그림을 그리는 듯한 사람이다. 농담 한마디도 하지 않는다.

또한 이상하게도 내가 근무한 방송국에는 도쿄 출신이나 도쿄에서 자란 사람보다 지방 출신으로 사투리를 쓰는 사람이 많다. 스타가 되는 사람도 지방출신이 많다. 도쿄 사람에게는 표준어가 당연하지만, 지방 사람에게 표준어는 노력하고 훈련해야 쓸 수 있는 말이다. 그렇기 때문에 맛볼 수 있는 재미와 개성적인 이야기가 가능한 것이 아닐까.

겉으로 보기에 핸디캡으로 보이는 것은 핸디캡이 아니다. 그 사람이 그것을 어떻게 쓰는가에 따라 오히려 좋은 결과를 낳기도 한다. 언제나 행복에 젖어 사는 사람은 마음의 훈련이 쌓이지 않는다. 불행을 겪거나 잘 풀리지 않는 일이 있고, 혹은 사람에게 말 못할 이야기를 갖고 있는 사람이 더 열심히 산다.

실패할 수밖에 없는 직업선택

직업은 자신이 만드는 것이 아니라 이미 있는 것 가운데에서 선택하는 것이다. 그리고 그 선택은 자신이 하는 것이다. 선택의 시대이기 때문에 무엇보다 자신의 판단이 중요하다. 만약 자신감 이 결여된 사람이 선택하려고 하면 선택의 폭이 넓으면 넓을수록 정보가 많으면 많을수록 다양한 선택과 정보에 휘둘린다. 선택의 폭이 넓은 것이 오히려 불행이 되는 것이다.

자신을 제대로 지키지 않으면 분위기에 쏠리고 만다. 친구가 하고 있어서, 조건이 조금 나아서, 조금 더 멋있어서—등과 같이 그 선택 기준이 자신이 아닌 타인인 경우도 많다. 그런 기준으로 선택하면 유행에 휩쓸리고 일하는 자신이 일을 통해 얻는 것이나 익혀지는 것은 아무것도 없다.

결국 다시 다음 일을 찾아서 횡적인 변화를 되풀이 할 수밖에 없다. 횡적으로만 쌓아가는 경력은 아무것도 주지 못한다.

요즘은 지나치게 물질이 풍부하고 직업의 선택 폭이 넓고 정보가 넘친다. 그만큼 과거에 비하면 '자기 자신'을 만들기 어렵다. 한편으로 생각하면 혜택이 될 수 있지만, 자칫 잘못하면 최악의 삶이 될 수밖에 없다. 따라서 한 사람 한 사람이 무엇을 어떻게 생각하고 자신의 내면과 맞서면서 어떻게 선택해 가는가가 요구되는 것이다.

어쩌면 확고한 '자기 자신'이 아직 만들어지지 않은 20대에 무엇인가를 선택해야 한다는 것은 괴로운 일일지도 모른다. 하지만 중요한 것은 자신이 선택한다는 것이다. 어떻게 되든 상관없는 일은 다른 사람들과 같아도 상관없고 유행을 받아들여도 좋다. 하지만 자신에게 진짜 중요한 일은 고집스럽게 선택했으면 한다. 자신의 생각으로 선택하면 설사 그 일이 실패하더라도 스스로 책임을 질 수 있기 때문이다.

나만의 목소리 내기

젊을 때는 좀더 자기주장을 말해도 좋고, 다른 사람과 의견이 일치하지 않아도 문제될 게 없다. 권위나 강한 것에 반발심 같은 것을 가졌으면 한다. 그것이 젊은이의 특권이 아닐까. 하지만 최근에는 이상하게도 지나치다싶게 사려 깊은 우등생들이 늘어가고 있다. 대학 교수인 친구의 이야기를 들어보면, 학생들이 교수의 말을 너무 곧이곧대로 들어 애를 먹는다고 한다. 착한 아이만 늘고 있는 것이다.

어째서 이렇게 노인 같은 젊은이가 늘어난 것일까. 부모나 자녀 모두 '다른 사람만큼' 일할 수 있기만 바라고, 다른 사람과 다른 것을 두려워하고 싫어한다. 오히려 다른 사람과 다른 부분을 소중히 여기고 길러야 하지만, 다른 사람과 똑같이 하는 것을 중요하게 생각해서 다른 사람들과의 차이를 없애려고 한다. 그런 자녀교육방식으로는 아이들의 개성이 길러지지 않는다.

20대는 자기 자신을 성숙시키는 시기다. 바꾸어 말하면, 개성을 키우는 시기다. 어떻게든 자신 속에 있는 "다른 사람들과 다른 것"을 아끼고 키워갔으면 한다.

모토가 '남에게 뒤쳐지지 않고, 튀지 않는 것'이라니…

예전에 내가 만난 여성들 가운데 여행대리점에 근무하는 한 여성이 이런 말을 한 적이 있다.

"우리는 초등학교 때는 중학교 입학을 대비해서 공부했고, 중학교에서는 고등학교 입시만 생각했어요. 고등학교에서는 마찬가지로 대학입시만 생각했고 대학에 들어가서는 취직만 생각했는데, 취업하고 나니까 다음에 무엇을 목표로 해야 좋을지 모르겠어요."

확실히 요즘 교육체계를 보면 사람의 미음을 병들게 하는 부분이 있다. 언제나 눈앞에 가까운 목표를 늘어뜨리고 그 하나에만 매달리게 한다. 사회에 나가면 그때부터는 앞에 놓인 목표가 없어서 무엇을 해야 좋을지 몰라 방황하는 것이 현실이다.

회사에 들어가서도 상사에게 지시받은 일은 대체로 잘 하지만 스스로 계획을 세워서 무엇인가를 만들어내는 것은 전혀 하지 못한다. 무엇을 해야 좋은지, 어디부터 손을 대야 좋을지 모르는 것이다. 여러 가지 가운데서 선택하는 것에는 익숙하지만, 아무것도 없는 것에서 무엇인가를 만들어내는 일은 매우 서툴다.

그 여성은 또 이런 말도 했다.

"남에게 '뒤쳐지지 않고, 튀지 않는 것'이 모토예요."

요즘 젊은 사람들은 남에게 뒤쳐지지 않고 튀지도 않고 다른 사람들과 똑같은 것을 하면 그만이다. 그녀의 말에 내가 그것으로 만족하느냐고 물었더니,

"만족하지는 않지만, 제 자신에게도 그렇게 말하곤 해요."라고 대답했다.

내심은 "뒤쳐지지도 튀지도 않는 것"을 바라는 것은 아니지만, 그것이 가장 편한 삶이라고 생각하고 있는 것이다. 그들은 편한 삶은 결코 즐겁지 않고 자신의 마음속에 남는 것이 없다는 것을 잘 안다. 하지만 이상하게도 스스로 솔선해서 뭔가를 하려는 열의가 없다.

자신이 놓인 상황에서 타인과 마찬가지 일을 선택하기보다, 한 발 더 내딛고 자기에게 맞는 일과 삶을 찾는 것은 어떨까 생각해 본다. 그런 삶 속에서는 장애도 중요한 요소가 된다. 불만도 에너지가 된다. 젊은 감정을 에너지로 바꾸고 자신의 삶을 개척해 갔으면 하는 마음이다.

무슨 일이든 계속한다는 것은 대단한 인내와 에너지가 필요하다.
싫다고 생각하는 자신과 싸우면서 망설임이나 두려움을 이기고 일하는 것이 중요한다.

'마이페이스 주의'를 권한다

직장 내 인간관계에서 실패하지 않는 법

싫은 사람과 교제하는 법

사람들이 직장생활에서 가장 고민하는 것은 일보다는 주변 사람들과의 인간관계인 경우가 많다. 그 직장이 즐거운가 그렇지 않은가는 인간관계에 의해 결정된다고 해도 과언이 아니다. 주변사람들과의 관계가 좋으면 지내기 편하고, 나쁘면 일까지도 싫어진다.

특히 싫어하는 사람 중에 상사가 있으면 정말 힘들다. 어떤 인간관계에서든 이쪽이 싫어하면 상대방에게 이쪽의 기분이 전달되기 마련이어서 상대편도 이쪽을 싫어하게 된다.

그런 경우는 가능하면 싫다는 마음을 접고 유연하게 관계를 만들어가는 것이 좋다. 그러기 위해서는 넓고 관용적인 마음을 가져야 한다.

'저 사람도 상사와 부하 사이에 낀 중간관리자 입장에서 괴롭겠구나.' '틀림없이 집에서 무슨 일이 있어서 저렇게 노발대발하는 거야. 저 사람도 불쌍한 사람이야.'라고 생각해보자.

'정말 싫다!'는 생각으로 상대방을 대하면 오히려 자기 쪽이 힘들어진다.

사실 나도 좋고 싫은 것을 직감으로 결정하는 편으로, 싫은 사람을 대할 때는 저절로 표정이 굳어지기 때문에 어려움을 겪곤한다. 그런 경우 당신은 어떤 방법을 쓰는가. 나는 가능하면 그 사람 가까이에는 접근하지 않으려고 애쓴다. 누구든 자신에게 해가되지 않으면 해를 주지 않는 법이다. 따라서 그 사람과 접할 기회를 줄이는 것이 상책이다.

이야기는 들어주되 가능하면 반론은 피하자. 일단 반론이 시작되면 싫은 감정이 드러나기 쉽다. 충돌을 피하는 것만큼 좋은 방법은 없다. 마음속에서는 반론이 고개를 들더라도 표현은 하지 않는 것이 좋다.

변명은 이제 그만

나는 일을 시작했을 때, 결심한 것이 있다. 그것은 다름 아닌 변명하지 않겠다는 것이다.

가령 지각을 하거나 실수를 한 경우, 그 자체는 사실이기 때문에 위기를 모면할 요량으로 변명을 해서 넘어가지 않겠다고 생각했던 것이다. 변명은 한번 하고 나면 다음에도 변명을 늘어놓게 된다. 여성들이 변명할 때 많이 쓰는 말이 '하지만'이나 '그러니까'와 같은 말이다. 따라서 가능하면 '하지만' '그러니까'라는 말은 하지 말자.

어쨌든 자신이 맡은 일이라면 책임감을 갖고 일해야 한다. 책임감은 일을 하나하나 끝맺음하는 과정 속에서 키워진다. 아무리 재미없는 일이라도 시작한 이상은 자신의 일이다. 책임감을 갖는 것은 당연하다.

'젊은 사람은 책임감이 없다'는 말을 자주 하지만, 그것은 어른들이 젊은 사람들에게 입버릇으로 하는 말이 아니다. 젊은 사람들은 살아갈 날이 아직 많다고 여기고 한 가지 일을 실패하면 다른 것을 하면 된다고 생각한다. 하지만 한 가지 일을 제대로 하지 못하는 사람은 결국 다른 어떤 것을 해도 제대로 해내지 못하고, 어디에 가서도 똑같은 일을 되풀이한다. 경험상의 선배인 어른은 그것을 잘 알고 있다. 따라서 쉽게 포기하고, 쉽게 안 된다고 말하는 사람들은 주위 사람들에게 책임감이 없다는 평가를 받는다.

얼마 전에 오스트레일리아에 갔을 때도 일본인 젊은이들에 대한 이야기를 들었다. 젊은 사람들은 워킹 홀리데이(working holiday. 비자의 한 종류로 국가와 국가간에 18세에서 25세까지의 청소년에 한해, 비자 없이도 일하면서 양국을 장기간 여행하는 것을 인정하는 제도. 현재 한국에서도 시행되고 있다-옮긴이) 등의 프로그램으로 오스트레일리아를 비롯해 많은 외국을 쉽게 방문할 수 있지만 그들에 대한 평가가 그렇게 좋지만은 않다. 대부분이 관광을 목적으로 하는 것처럼 쉽게 싫증을 내거나 그만두는 등 책임감이 없다는 악평이었다.

사무실에서 '귀여운 여자'는 수치!?

직장에서 사람들과 원만한 유대관계를 갖기 위해서는 여성도 책임의식을 갖고 변명을 하지 말아야 하고, 여자라는 사실을 내세우지 말아야 한다.

직장에서는 남자도 여자도 없다. 자신이 여자임을 내세워서 어려움을 면하려고 하거나 이득을 보려고 하는 것은 비겁한 일이다. 눈꼬리를 치거나 섹시함을 무기로 상대방을 대하는 행위는 사생활은 물론이고, 직장에서는 부끄럽게 생각해야 할 일이다.

그것과 함께 '귀여움'은 많은 사람들이 미덕으로 생각하기 때문에 그 결과가 더욱 나쁘다. 대개의 경우, 여자가 귀여우면 일을 못해도 허용된다. 남자들이 "이 사람은 귀여워서 괜찮다"라고 말하는 것은 남자 입장에서는 좋다고 받아들이기 때문이다.

"솔직하고 성격이 좋다"는 말도 일할 때는 칭찬이 아니다. 무슨 일이건 사사건건 간섭을 하거나 욕하는 것은 확실히 나쁘지만, 지나치게 솔직해서 무엇이든 속엣말을 하는 것도 문제이다.

나는 귀염성이 없다는 말을 자주 듣는 편이다. 실수를 해도 사람들 앞에서 눈물을 보이거나 하지 않는다. 가능하다면 사람들에게 약한 모습을 보이지 않으려고 한다. 한번 실수한 것은 두 번 다시 되풀이하지 않겠다고 이를 악문다.

그런 자세는 아무리 좋게 보려고 해도 남성들에게는 귀엽게 보이지 않는 모양이다. 내가 이상적으로 생각하는 여성은 '귀엽다'는 말을 듣는 여성보다 젊은 동안에는 '귀염성이 없다'는 말을 들을 정도로 강단지게 열심히 제 할 일을 하는 여성이다. 나이가 든 뒤에는 조금쯤 부드러워질 필요가 있지만 젊을 때는 그 반대였으면 한다.

바람 부는 대로, 물 흐르는 대로

사회생활을 하면서 주변 사람을 지나치게 신경 써서 상사나 선배, 동료의 말에 생각이 쉽게 흔들리는 사람들이 있다. 그러면 사소한 일까지도 귀가 따갑게 잔소리를 듣게 된다. 상사나 선배가 하는 말이 반드시 옳은 것은 아니다. 중요한 것과 그렇지 않은 것을 취사선택해서 중요하지 않은 것은 버리고 신경 쓰지 않는 자세가 필요하다. 무슨 말을 들어도 바람이 부는 대로 듣고 흘려버리면 된다. 그 대신, 정말로 중요한 일은 진지하게 들어야 한다.

누군가 한마디 했다고 해서 하나하나에 신경 쓰면 상대방은 잔소리가 효과가 있다고 생각해서 비슷한 상황이 되면 또 말을 한다. 반면에 누가 무슨 말을 했을 때 그 말에 신경 쓰지 않으면 주위에서 '저 사람은 그런 사람이다'라고 생각하고 대부분 포기한다. 사회생활을 할 때는 후자가 오히려 지내기 편하다.

나는 아무리 귀가 따갑게 잔소리를 들어도 신경 쓰지 않았다. 말을 듣고도 신경 쓰지 않으면 그 말이 효과가 없다고 여기기 때문에 상대방도 더 이상은 말을 하지 않는다. 사소한 일까지 지나치게 간섭하는 경우 나는 전혀 신경 쓰지 않는다. 사람이 쏟아내는 말을 하나하나 신경 쓰자면 위가 나빠지고 스트레스가 쌓인다.

최근 젊은 사람들 사이에서 늘어나는 것이 거식증이다. 다른 사람을 신경 쓰다 못해 음식을 먹지 않는 것이다. 다른 사람을 지나치게 신경 쓰면 결국에는 스스로 자신의 몸을 망치는 결과를 초래한다.

다른 하나는 폭식증이다. 이 경우에는 일단 먹고 보자는 식으로 폭식을 하는데, 앞뒤 재지 않고 포만감이 느껴질 때까지 먹어치운다. 그렇게 해서 싫은 일을 잊으려고 한다.

그 중에는 도가 지나쳐서 거부반응으로 먹은 것을 전부 토한 뒤에 비로소 편안함을 찾는 중증환자도 있다. 먹는 행위에 열중해서 생각하기도 싫은 일을 잊으려는 것이다. 그런 사람들은 토해내는 괴로운 행위로 어렵게 균형을 유지해간다. 이것은 정말로 가슴 아픈 일이 아닐 수 없다.

요즘 젊은 사람 중에 이 거식증과 폭식증 환자가 늘고 있다. 이것은 일종의 병이라고 생각해도 좋다.

따라서 자신에게 맞는 행동패턴을 스스로 만들 필요가 있다. 다른 사람의 말에 흔들리지 않고 자신의 일에는 스스로가 책임을 져야 한다.

직장 동료간의 교제도 지나치다 싶을 정도로 공과 사를 구분하지 않는 관계보다 밀착되지도 소원하지도 않은 관계가 좋다. 정말로 마음을 터놓을 수 있는 사람이 생길 경우도 있지만 이해를 같이하는 직장에서는 그 관계를 좀처럼 유지하기 어렵다.

아무리 사교적인 성격이라도 부른다고 해서 동행하는 것은 생각해볼 문제다. 주변에서 볼 때는 '그 사람은 부르기만 하면 온다'고 가볍게 여기기 쉽다.

특히 이성관계에서는 조심하지 않으면 무슨 말을 듣게 될지 모른다. 그 자리에서는 듣기 좋은 말을 하지만 뒷자리에서는 그것이 허물로 바뀐다. 그리고 상사가 권하는 자리는 거절하기 어렵지만, 직장 밖에서 상사와 일대일로 만나는 것은 좋지 않다. 상사라는 이유 때문에 거절하지 못하고 따라 갔다가 빼도 박도 못하는 관계가 되는 경우도 종종 있다.

회식으로 술자리를 마친 뒤, 귀가 길에 동행을 요구하는 경우도 마찬가지다. 그런 경우라도 남자들은 당신을 결코 좋게 말하지 않는다. 동행을 요구한 것은 자신이지만 어느 새 '그 사람 정말 대단해.'라는 말로 바뀌거나 장난거리로 입에 오른다.

그런 수법에는 상대도 하지 말아야 한다. 만약 당신이 상대방을 좋아하는 경우라면 이야기가 달라지지만, 그렇지 않은 경우에는 일대일이 아닌 여러 사람이 함께 하는 자리를 만드는 것이 좋다.

그리고 다른 사람들의 소문도 말하지 않는 것이 좋다. 여성의 나쁜 습관 가운데 하나는 '말하지 말라'고 하면서 소문을 내는 것이다. '말하지 말라'는 것은 '말해 달라'는 것과 같다.

한번 입에서 나온 말은 누군가를 통해서든 밖으로 흘러나간다고 생각하면 틀림없다. 가십은 언제나 꼬리에 꼬리를 물고 퍼져나간다.

만약 당신이 듣는 쪽이라면 그러냐고 가볍게 듣고 흘려버리는 것이 좋다. 그리고 필요 이상으로 흥미를 보이지 말고 그 이야기에는 상대하지 않는 것이 현명한 방법이다.

책임감은 일을 하나하나 끝맺음하는 과정 속에서 키워진다. 아무리 재미없는 일이라도 시작한 이상은 자신의 일이다. 자신에게 맞는 행동패턴을 스스로 만들 필요가 있다. 다른 사람의 말에 흔들리지 않고 자신의 일에 스스로 책임지는 자세가 필요하다.

5

'공'과 '사'를 구분하고 있는가?

'활기' 있는 여자가 매력적이다

일을 잘하는 사람이 놀기도 잘 한다

내가 어렸을 때 어른들은 '열심히 공부하고, 열심히 놀아라'는 말을 자주 했다. 이 말을 사회인에게 적용하면 '열심히 일하고 열심히 놀아라'가 된다.

열심히 일하는 사람은 놀기도 잘 한다. 직장에서 열심히 일하고 일과가 끝난 뒤에는 열심히 논다. 직장에서 적당히 일하는 사람은 놀 때도 적당히 논다. 잘 놀지 못하는 것이다.

일 잘하고 잘 놀기 위해서는 공과 사를 구분해야 한다. 확실하게 놀고 확실하게 일해야 하는 것이다. 일하는 것과 노는 것을 하나하나 열심히 하다보면 생활에도 활력이 생긴다.

최근에는 노는 것처럼 일하는 사람을 많이 본다. 그러면 직장에서도 긴장감이 떨어진다.

조금 더 구체적으로 말하면 우선 인사를 제대로 하는 사람이 많지 않다. 인사란 마음을 열고 상대방 쪽으로 한발 앞으로 나아가는 것을 말한다. 바꾸어 말하면 아침에 제대로 인사하는 것은 그 전까지 속해 있던 '사적인' 생활권에서 다른 사람들이 있는 '공적인' 사회로 나가는 것을 의미한다.

또한 인사는 '공'과 '사'를 구분 짓는 말이다. 그렇기 때문에 가능하면 목소리를 가다듬어 또박또박 말해야 한다. 입속말로 중얼거리듯 말해서는 자신의 마음이 정리되지 않는다. 이런 것은 지나치기 쉽지만, 실생활에서는 아주 중요하다.

힘든 일이 있거나 기분이 가라앉더라도 기분을 바꾸기 위해서 똑똑한 발음으로 분명하게 말하자. 그러면 의외의 효과가 나타난다.

나는 아나운서로 일하던 시절, 아침에 기분 좋게 인사하는 날은 일까지도 즐거웠다. 하지만 인사가 잘 되지 않을 때는 사람들의 뒤에 숨고 싶은 심정으로 하루를 보내거나 실수를 했다. 그렇기 때문에 지하철역을 나서는 순간부터 회사까지 가는 동안, 기분을 바꾸기 위해 입 모양과 혀를 빨리 움직이는 말 몇 가지로 발음 연습도 하고 목소리도 가다듬으면서 걷곤 했었다.

사생활을 할 때와 일할 때를 구분하는 것도 좋다.

노는 기분으로 일하면…

진지한 자세로 뭔가를 하는 얼굴은 누구나 아름답다. 긴장감이 유지되기 때문에 눈빛과 목소리에서 탄력이 느껴진다. 일하는 모습이 아름다운 여성은 정말로 매력적이다. 말씨도 평소와 다르다. 친구들끼리 함께 있을 때는 억양에서도 자유로움이 그대로 묻어난다. 사생활에서는 크게 걱정할 일은 아니지만, 직장에서는 자신이 회사 밖의 사람들에게 어떻게 보이는지를 생각해볼 필요가 있다. 자신 속에 제3자의 눈을 가져야 한다.

바꾸어 말하면 자신을 객관적으로 바라보아야 한다. 상대방이 회사 밖의 사람인 경우, 자신의 일거수일투족이 회사의 인상이 된다는 점을 잊어선 안 된다.

특히 전화통화를 할 때는 주의해야 한다. 최근에는 전화통화를 할 때 귀를 막고 싶어지는 경우가 종종 있다. 무엇을 물어도, "모르겠어요." "몇 시에 돌아오시는지 모르겠습니다."하는 대답이 전부다. 어째서,

"○○○ 씨가 돌아오면 이쪽에서 연락드리도록 하겠습니다."라고 말하지 못하는 것일까. 아주 기본적인 전화 예절법조차도 되어 있지 않다.

그뿐 아니라 때로는,

"○○○ 씨! △△△라는 사람인데 전화 받을래?" 하는 목소리가 수화기 저편에서 들릴 때도 있다.

아르바이트를 고용해서 별도로 전화업무를 맡기고 있는 것인가 하는 생각이 들 정도로 책임감도 없고 긴장감도 전혀 느껴지지 않는다. 그런 여성은 주의를 주어도 멍한 표정을 지을 뿐이다.

전화상의 문제는 셀 수 없을 정도로 많아서 종종 불쾌한 생각을 하곤 한다.

이것은 사무실을 방문했을 때도 마찬가지이다. 그 사무실에 대해 좋은 느낌을 가질 수 있도록 따뜻한 목소리로 "안녕하세요"라고 말하는 사람을 찾아보기 어렵다. 아무런 감정도 없는 무기적인 목소리가 돌아올 뿐이다.

왜 그런 무기적인 말투를 하는 것일까. 어떻게 되든 상관없다

는 자세여서 상대방의 말에서 아무런 감정도 느낄 수 없다. 이런 태도는 상점에서 손님을 맞는 점원의 경우도 다른 것이 없다. 그런 태도라면 팔릴 물건도 팔리지 않을 게 틀림없다. 그것은 다른 누구보다도 본인에게 손해다. 어떤 일을 하든 활기차게 긴장감을 갖고 일하는 모습은 아름답다. 겉으로 드러난 아름다움은 아름답게 보이겠지만, 인형의 인상처럼 무미건조할 뿐이다.

생활에 리듬을 주는 공과 사의 구분

조금만 신경 써서 일하면 상대방에게 얼마든지 아름답고 좋은 느낌을 줄 수 있지만, 그런 모습을 찾아보기는 어렵다.

요령 없이 시간만 보내면서 일을 하는 건지 노는 건지 분간할 수 없게 일하기 때문에 쉬는 시간이 되어도 정작 쉬지 못하고 보내기 일쑤다. 그런 여성이 매력적으로 보일 리 만무하다.

진지한 자세로 일하는 여성은 아름답다. 스스로 자신의 매력을 잃지 않도록 '공'적인 자리에서는 열심히 긴장된 자세로 일했으면 한다. 열심히 일한만큼 '사'적인 자리에서 충분히 쉬면 된다. 그렇게 공과 사를 구분할 줄 아는 사람이 일도 오래 계속하고 멋진 자신의 인생을 만들 수 있다.

직장에서 사적인 이야기나 전화를 삼가는 것도 당연한 일이다.

한 직장에 연인이 있더라도 가능하면 아는 체 하지 않는 것이 좋다. 데이트 약속도 회사 전화로는 삼가는 것이 바람직하다.

동시에 종이봉투나 편지지, 연필, 볼펜 등 회사의 물건은 사석으로 사용하지 않는 것이 좋다. 그런 것을 당연하게 여기는 데서 부정이 생기는 것이다. 이 정도는 괜찮겠지, 하는 생각으로 하나 둘 쓰기 시작하면 차츰 돈이나 고가의 물건에까지 손을 댈 여지가 생기고 둔감해진다.

나는 아버지가 공직에 있었기 때문에 어릴 때부터 공과 사의 구분을 엄격하게 교육받으며 자랐다.

"아무에게나 물건을 받아서는 안 된다."

이 말은 어려서부터 듣던 말이다. 그렇기 때문에 나는 받을 수 없는 것은 그 자리에서 돌려보내는 것이 몸에 배었다. 또한 신경질적이라고 할 정도로 공적인 것은 집으로 가져가지 않는다. 그런 부분에서 분별력의 유무를 판단할 수 있다. 분별력이 없는 사람으로 여겨지지 않도록 스스로 분별력을 가지고 행동해야 한다. 그렇지 않으면 인상이 나빠질 뿐 아니라, 이도저도 아닌 사람이라고 오해를 받기 쉽다.

'시키는 대로' 해선 누구에게도 신뢰받지 못한다

이도저도 아닌 것으로 말하면 남녀관계도 마찬가지다. 직장 동료, 특히 상사와의 관계에서 상사가 지시하는 것은 그대로 따르는 경우가 많다. 상사와 관련된 경우, 일과 연관성이 있기 때문에 거절하는 것이 쉽지 않다. 그렇기 때문에 더욱 분명하고 분별력 있게 행동할 필요가 있다.

분별력을 잃고 상사가 시키는 대로 따를 경우, 나중에 들릴 소문에 대해서는 각오해 두어야 한다. 남성도 어떤 면에서는 수다쟁이다. 장난거리로 이야기를 하는가 하면, 자신도 모르게 '누구든 상관하지 않고 잠자리를 한다.'라는 식의 이야기가 나오기 쉽다. 남자는 자존심이 강하다. 그래서 여자 쪽에서 거절하더라도 자신이 거절했다고 말한다.

나도 어느 날 갑자기 아무런 관심도 없던 남자에게 채였다는 말이 나돌아 놀란 적이 있다. 그래서 직장의 남성과는 사적인 관계가 되지 않도록 특히 신경을 썼다. 당사자는 의식하지 못하더라도 일 때문에 사적인 관계가 이용되지 않는다고는 단정하기 어렵다. 그렇기 때문에 적어도 직접적인 이해관계가 있는 상대와는 사적인 관계가 되지 않도록 신경 썼던 것이다.

다만 이해관계가 없을 때는 별개의 문제다. 일이 다르거나 어느 한 쪽이 그만둔 경우라면 이해관계를 떠난 것이기 때문에 신경 쓰지 않아도 된다.

과거에 나와 남편은 방송국 일 때문에 둘이서 함께 출장을 다닌 일도 있다. 하지만 당시에는 일을 하는 파트너 사이였을 뿐이다. 우리 두 사람이 사귀기 시작한 것은 내가 그 방송국 일을 그만둔 뒤의 일이고, 이해관계가 없는 때였다. 나는 그때도 마찬가지로 공과 사를 혼동하는 것이 싫었다.

여자들 중에는 몸을 내던지고라도 좋은 일을 맡으려는 사람이 있지만, 나는 그런 생각에는 찬성할 수 없다. 그것은 일을 열심히 하는 것과는 다르기 때문이다.

무리수를 써서 받은 일은 언젠가 그것이 원인이 되어 자신에게 다시 돌아오기 마련이다. 그렇게까지 자신을 희생할 필요는 없다. 일은 일이고 사생활은 사생활이다. 그것을 구분할 줄 알아야 한다.

사생활을 다른 사람에게 보여줄 필요는 없다. 직장에서 집안이나 돈 등 사적인 것을 들먹이는 것만큼 추한 일은 없다.

방송국에 근무하던 당시, 자신의 가족사나 재산을 소문내고 싶어 하던 여자가 있었다. 모든 사람이 그녀의 그런 태도를 좋아하지 않았기 때문에 그녀가 함께 식사를 하자고 하면 모두는 하나같이 도망칠 궁리를 할 정도였다.

나아갈 곳과 물러설 곳을 제대로 알고 행동하는 것도 중요하다. 만약 직장을 떠날 생각이라면 다른 사람들에게 피해를 주지 않는 시기를 골라서 자리를 어지럽히지 말고 깨끗하게 그만두는 것이 현명하다.

일을 한다는 것은 공적인 자리에 있는 것이다. 그런 자각만큼 은 몸에 익혔으면 싶다.

진지한 자세로 뭔가를 하는 얼굴은 누구나 아름답다.
일하는 모습이 아름다운 여성이야말로 진정 매력적이다.
스스로 자신의 매력을 잃지 않도록 열심히 긴장된 자세로
일해야 한다.

6

총명한 여자가 전직하는 법

'전직'하기 전에 알아두어야 할 일

쉽게 그만두는 이유—전직의 현대적인 특징

20대 여성에게 전직은 그렇게 어려운 일이 아니다.

대부분이 학교를 졸업하면 어디든 직장에 들어간다. 그런데 요즘 젊은 여성들은 회사에 들어가 보고 생각했던 것과 다르거나 자신에게 맞지 않는다고 생각하면 그곳에서 열심히 일하려고 하기보다 다른 일을 찾으면 된다고 생각한다. 그런 생각을 하는 사람들은 우선 구인정보지나 신문의 구인란을 펴고 조건에 맞을 것 같은 다른 일을 찾는다. 괜찮아 보이는 것이 있으면 회사에 연락해보고 조건이 맞으면 그 회사에 들어가고, 다시 그곳에서 일해보고 맞지 않으면 다른 일을 찾아 몇 차례고 전직을 되풀이한다. 옮길 자리는 얼마든지 있는 것이다. 구태여 맞지 않는 직장에서 애써 참으면서 일할 필요가 없다고 생각하는 것 같다.

예전에는 그렇지 않았다. 과거에 전직은 전에 일하던 곳보다 조건이 나쁜 곳으로 가는 것을 의미했다. 전직할 수 있는 자리도 적었을 뿐더러, 내가 대학을 졸업하고 직장생활을 하던 당시에는 전직이라는 것은 생각할 수도 없는 일이었다. 학교를 갓 졸업한 사람이 취직할 수 있는 일자리도 없었으니까.

내가 만난 스물서너 살 즈음의 여성들도 모두 전직 경험이 있었다. 그 가운데 어떤 사람은 이미 네 차례나 전직을 했다. 처음에는 화장품을 선전하는 일이었고, 그 뒤 세 번은 컴퓨터를 조작하는 일이었다. 전직한 이유는 우선 노동조건이 좋지 않았고, 주위 동료들과 맞지 않았기 때문이라고 했다. 두 번째는 같은 직장에 근무하던 이성에게 실연당했기 때문이다.

미국유학 경험이 있는 다른 여성은 귀국하자마자 한 회사에 들어갔다. 신문광고를 통해 알게 된 그 회사는 다름 아닌 사기피해로 떠들썩하게 했던 도요타 상사였다. 그녀는 그 회사에서 잠시 근무한 뒤 비서가 되었고, 다음에는 영업직으로 돌려졌다. 그 여성은 그 회사가 좋은 일을 하지 않는 곳이라는 생각을 하고 1년 남짓 근무한 그 회사를 그만두었다.

그런 뒤 술집에서 일하면서 다른 직장을 찾았다. 선박 화물을 취급하는 회사로 그녀가 지금 일하고 있는 곳이다. 그녀의 경우에는 어학실력을 살린 전직이었다.

또 다른 여성은 전문대학에서 공업디자인을 전공한 공업디자이너였다. 열심히 일했기 때문에 2년 뒤에는 회사에서도 실력을 인정받았다. 하지만 인정받기 시작했을 즈음 그녀는 큰마음 먹고 회사를 그만두었다. 반년 정도 계획으로 인도를 여행하고 싶었기 때문이다.

그녀는 지금 프리랜서로 일을 하고 있다. 전에 일하던 회사에서도 일을 받기 때문에 생활 걱정은 하지 않는다고 한다.

그들 모두 한 직장에 머문 햇수는 한결같이 짧다.

'횡적인 전직'은 전직이 아니다

"지금 당장 직장에서 일할 에너지가 없다."

공업디자이너인 여성이 한 말이다.

요즘 젊은 세대는 일이 싫어지거나 기분을 바꾸고 싶을 때는 언제든 그만둘 태세다. 다음 일도 어렵지 않게 찾을 수 있기 때문에 그만두는 조건은 갖추어져 있는 셈이다. 다른 일이 없다면 어떻게 해서든 열심히 하겠지만, 어디든 일이 있다고 생각하면 힘들이면서 애쓸 필요가 없는 것이다. 에너지가 나오지 않는 것은 당연한 일인지도 모른다.

일에 대한 재미나 의욕은 좋고 싫은 생각을 말하지 못하고 있는 힘껏 일하는 동안에 생기는 것인데, 그런 사실도 깨닫기 전에 일을 바꾼다. 새로운 곳에서도 열심히 일하지 않고 또 다른 일로 바꾼다. 언제든 일자리를 옮길 수 있다는 것은 어찌 보면 행복 같지만, 실은 불행한 일이다. 무슨 일이든 10년 동안 실력을 쌓지 않으면 결과는 나오지 않는다. 이렇게 생각하는 내가 구태의연하다고 생각할지도 모르겠다.

왜 그렇게 2, 3년 만에 서둘러서 전직하는 것일까. 그것은 전직이 아니라, 횡적인 변화일 뿐이다. 직업을 바꾸어 옆으로 굴러간다는 의미에서는 전직이 되겠지만, 그것이 자신에게 과연 플러스가 될까.

진짜 전직은 미국이나 유럽에서 흔히 볼 수 있는 형태를 가리키는 것이 아닐까. 그들은 한 직장에서 쌓은 실력을 다른 회사에 평가받아 직장을 바꾼다. 게다가 그곳에서 실력을 키워 다른 회사로 다시 옮겨가는 식으로 종적으로 커리어를 쌓아간다. 그것이 진정한 의미의 전직이다. 그것에 비하면 요즘 흔히 보는 전직의 패턴은 전혀 다르다. 거기에서는 시간이 아무리 지나도 횡적으로 굴러간 것만큼 힘이 쌓이지 않는다.

커리어를 쌓아가기 위해서는 역시 에너지를 쌓아 다음의 활약에 대비할 필요가 있다.

여성시대의 냉엄한 현실

요즘 같은 시대는 일이 많아서 여성들이 살기 쉬운 것처럼 생각되지만, 잘 생각해보면 여러 가지 모순을 안고 있다.

과거에 모든 직원을 정식 직원으로 채용하던 회사들도 요즘은 다른 회사에 아웃소싱하거나 파트타임으로 대체하는 것이 보편화되었다. 큰 회사의 사무는 대개 그 회사의 직원에게 맡기지만, 요즘은 아르바이트나 위탁사원을 채용하는 경우가 늘고 있다. 반년 계약, 1년 계약으로 일단 사원과 비슷한 대우는 하고 있지만 계약이 끝나면 그만두어야 한다.

회사 입장에서 보면 평생을 보살필 의무도 없고, 복지비 등을 들이지 않아도 되기 때문에 비용이 절감된다. 결국 파트타임이나 아르바이트의 채용은 회사 형편에 맞춰진다.

파트타임이 대부분 여성이라는 것도 주목해야 할 점이다. 여성의 노동력이 회사에 편한 대로 맞춰지는 한 진정한 의미에서 여성의 힘은 키워지지 않는다. 여성 시대라고 들떠 있을 때가 아니다.

초조해하거나 당황하지 말고 힘을 키워서 비상하자!

전직을 생각할 때, 한 번 더 왜 전직을 희망하는지, 깊이 생각했으면 한다. 정말로 어쩔 수 없는 것인가, 다음 단계의 에너지는 충분히 모아졌는가.

나 자신도 한번 전직을 했다.

나는 9년 동안 근무하던 방송국을 그만두고 독립했다. 몇 번을 생각해보고 몇 번이나 멈추어 서서 자신의 내부에서 들려오는 소리에 귀 기울이고 충분한 에너지가 모아졌는지 확인한 뒤에, 더 이상 계속하는 것은 무의미하다는 결론을 내린 뒤에 내딛은 첫발이었다.

물론 다음 일을 생각한 뒤였다. 내 경우는 다행히도 다른 회사에서 먼저 '손짓'을 해주었다. 그것을 디딤돌로 삼아서 방송국을 그만두고 오랫동안 꿈꿔왔던 글 쓰는 일에 가까이 다가갈 수 있었다. 그 준비를 시작한 것은 훨씬 오래 전이었다. 방송국에 근무하던 때부터 다른 사람들이 차를 마시는 시간에도 빈 스튜디오에서 글을 쓰거나 책을 읽었고, 그리고 내가 일해야 할 프로그램에서는 나 자신의 말로 이야기하는 연습을 했다.

어떤 무엇인가를 하고 싶다고 생각하면 적어도 그것에 가까워질 수 있도록 노력하자. 사람은 참 이상하게도 생각이 강하면 조금씩 그 방향으로 다가간다. 특히 젊은 20대 여성은 조급해하거나 당황하지 말고 자신의 희망을 버리지 않았으면 한다.

자신이 좋아하는 일을 반드시 일직선으로 해가지 않아도 좋다. 언뜻 생각하기에는 먼 길처럼 생각될지 몰라도 지금 하고 있는 일을 중요하게 생각하고, 어찌됐든 그곳에서 열심히 일하면서 진짜 희망을 버리지 않는 것이 중요하다. 포기하면 그것으로 끝나지만, 포기하지 않으면 언젠가는 기회가 찾아온다. 그때를 위해 힘을 모아두어야 한다.

감정에 휩쓸려서 수시로 직장을 옮기고 조금 싫은 일이 있다고 도망치려고 한다면 평생 자신이 가야할 방향은 보이지 않는다.

20대는 모든 사람에게 열려 있는 가능성을 실현하기 위해 준비하는 시기다. 그 경력을 쌓기 위한 시기, 즉 수업기간이 바로 20대다. 빨리 핀 꽃은 빨리 진다. 조급한 마음을 버리고 언젠가 활짝

필 아름다운 꽃을 위해 준비해두자.

인생에서 먼 길은 없다고 하지만 지금 하는 일이 희망하는 길과 다르더라도 결코 함부로 해선 안 된다. 안이하게 전직을 생각하기에 앞서 한 번 더 지금 하는 일을 열심히 해보았으면 싶다. 지금 하는 일이 앞으로 하려는 일에서 도움이 될 방법은 없는지 생각해보는 것도 좋다.

한 가지 일을 할 수 있는 사람은 무엇을 해도 잘 해낸다고 한다. 일생에 한번쯤, 특히 젊은 동안에는 한 가지 일에 몰입해보는 것도 나쁘지 않다.

직장에서 쌓은 실력을 다른 회사에 평가받아 옮기고,
그곳에서 실력을 키워 다른 회사로 다시 옮겨가면서 종적으로
커리어를 쌓아가는 것, 이것이 진정한 전직이다.

chapter 4

보다 즐거운 삶을 위한 라이프스타일 찾는 법

'나다움'을 어떻게 연출할 것인가?

자신만의 고집으로 만드는 현명한 삶

결혼 후의 라이프스타일을 결정하는 것

젊은 사람들이 자주 쓰는 유행어 중에 '촌스럽다'라는 말이 있다. 그 뜻은 '세련되지 않다' 혹은 '촌티가 난다'는 의미이지만, 이 뜻만 가지고는 이 말이 갖는 뉘앙스를 정확하게 이해하기 어렵다. 이 '촌스럽다'라는 말은 패션이나 놀이문화, 일하는 스타일, 삶 등 모든 분야에 걸쳐서 폭넓게 쓰인다.

사람들이 가장 듣기 싫어하는 경우는 그 사람 자신의 삶 전반과 그 사람에 대해 '촌스럽다'고 말했을 때다.

그렇다면 촌스러운 삶은 어떤 것일까. 놀 때나 일할 때 현명하게 행동하고 그 사람다움을 잃지 않는 것이 아닐까. 패션도 유행에 휩쓸리지 않는 자신만의 개성을 살리는 연출을 하고 놀 때도 마이페이스를 고수한다. 바꾸어 말하면 촌스럽다는 말은 그 사람 자신의 라이프스타일을 갖고 있다는 의미다.

특히 패션과 놀이문화는 요즘 젊은 세대의 삶에서 빼놓을 수 없는 중요한 요소다.

대개의 경우 라이프스타일의 기초는 20대에 만들어진다고 해도 과언이 아니다. 라이프스타일은 문자 그대로 평생 동안 만들어가는 것이지만, 그 기초는 20대에 만들어진다. 특히 여성의 경우, 혼자 자유롭게 일하고 놀 수 있는 결혼 전의 삶이 결혼 후의 삶과 노후에까지 많은 영향을 미친다. 그런 의미에서 20대를 허송세월로 보내서는 안 된다.

나만의 라이프스타일을 찾아라

지금 내 삶의 토대도 20대에 만들어졌다. 나는 방송국에서 근무하던 무렵부터 어떤 기업이나 조직체 속에서 일하는 것이 나에게는 맞지 않는다고 생각하고 있었다. 마이페이스로 혼자 할 수 있는 일, 그것이 무엇일까 끊임없이 생각했다.

방송이라는 일은 화면을 통해서 보이는 것은 한 사람이라도 많은 사람들의 협력으로 만들어진다.

나는 어렸을 때 오랫동안 병을 앓아서 사람들을 잘 사귀지 못하는 편이다. 그 대신 혼자 지내는 것은 자신 있다. 내 페이스에 맞춰서 글을 쓸 수 있다면…, 하는 생각은 어느 틈에 내 마음속에서 싹을 틔워 언젠가 반드시 그렇게 하겠다는 생각으로 자라있었다.

그렇다고 어떤 목적이 있었던 것도 아니고 자신도 없었다. 하지만 희망은 다른 누군가가 아닌 자기 스스로가 이룰 수 있는 것이다. 내 스스로가 소중하게 키워온 싹을 꺾는 일은 절대 하지 말자고 다짐했다. 자기 스스로 자신의 희망을 꺾지 않더라도 그 꿈을 이루기까지는 셀 수 없이 많은 시련이 따르기 마련이다. 그렇기 때문에 적어도 나 자신만큼은 나 자신을 인정해주자고 생각했다. 그렇게 스스로의 꿈을 키워주고 싶었다.

글을 쓰겠다고 생각했지만 소설인지 논픽션인지, 평론인지 에세이인지 결정한 것도 없이 단지 막연하게 '언젠가'라고 생각했다.

당시 방송평론가가 나와 나의 선배를 인터뷰한 일이 있었다. 그 인터뷰 내용을 쓴 책 속에, "인터뷰를 했을 때, 시모쥬 아키코 씨는 글을 쓰고 싶다고 말했다"라고 쓰여 있었다.

나는 시간이 흐른 뒤에 그 글을 읽고 놀랐다. 아니나 다를까 나는 나 자신뿐 아니라 외부를 향해서도 그렇게 말하고 있었던 것이다. 마음속에 감추어두지 않고 공언하면서 거리낌 없이 말했던 것이다. 그것도 방송 일이 순조로웠던 때. 나는 사람들에게 내 속마음을 이야기한 사실은 완전히 잊고 있었다.

그리고 언젠가 길거리를 지나다 당시 후배 아나운서였던 여성 둘을 만난 일이 있다. 두 사람 모두 결혼과 동시에 방송국을 그만두었지만, 현재는 모두 무엇인가 일을 하고 있다. 두 사람은 그때 이런 말을 했다.

"그때 자주 글을 쓸 거라고 말씀하셨는데, 말씀대로 되셨네요"

그 이야기를 듣고도 놀랐다. 나는 그런 중요한 이야기를 후배 아나운서에게도 말했던 것일까. 나 자신은 까맣게 잊고 있었지만, 내가 고집스럽게 내 꿈을 이루고자 했던 마음이 다른 사람들 기억에 깊이 남아 있었던 것이리라.

"지금 하는 일은 내가 본래 하고 싶었던 일이 아니다. 하지만 언젠가 내가 하고 싶은 일을 하겠다."라는 고집이 분명하게 표면에 나타나 있었던 것이다.

방송국을 그만둔 것은 서른이 지난 뒤였지만, 그만두기까지 방송국 일을 계속하면서도 내 마음속에서는 "언젠가 글을 쓰겠다."는 생각이 자라고 있었다.

모두에게 좋은 사람은 '자신의 꿈'을 잡지 못한다

나는 글을 쓰겠다고 마음먹은 이후로 쉬는 시간에 동료들과 수다 떠는 시간을 점차 줄여갔다. 사람들과 잘 어울리지 않는다고 빈축을 사더라도 빈 스튜디오나 혼자 있을 수 있는 장소를 찾아서 책을 읽거나 글을 썼다. 어쨌든 글 쓰는 것과 연관된 일을 인내심을 가지고 꾸준히 계속했다. 노는 자리에서도 세심하게 관찰하기 위해 주의를 기울였다. 노래를 좋아해서 샹송을 배우거나 오페라를 보러가기도 했지만, 그럴 때면 배우들의 대사나 가사에 주의를 기울였다.

그렇게 무슨 일이든 참가하면서 무엇이든 할 수 있었기 때문에 서서히 나만의 세계를 만들어갈 수 있었다.

나도 일의 성격상, 젊었을 때는 다소 무리를 해서라도 만남을 자주 가졌다. 분명한 것은 거절하는 데는 용기가 필요하다는 사실이다. 나는 용기를 내서 거절하려고 부단히 노력했다. 다른 사람들에게 좋은 인상을 주고 싶다는 생각으로 다른 사람들이 어떻게 생각할까, 하는 것만 신경 쓴다면 자신의 세계는 만들어 갈 수 없다. 자신만의 라이프스타일을 만들어 가기 위해서는 역시 용기와 결단이 필요하다.

자신의 목적을 달성하기 위해서는 자신만의 계산도 필요하다. 계산이라는 말이 주는 어감은 썩 좋지 않지만, 다른 사람에게 의지하지 않고 살아가기 위한 자신만의 계산은 필요하다. 물론 결혼해서 경제적으로 남편에게 의지하는 것도 일종의 계산이다. 그러나 그렇다고 해서 남편이 하라는 대로 따를 필요는 없다. 당신은 당신 나름대로의 라이프스타일을 가질 필요가 있다. 그것을 확립시키기 위해서 경우에 따라서 타협할 점은 타협하고 어느 시점까지는 남편의 경제력에 의지해서 그 기간만큼은 공부를 하겠다는 등의 '계획'을 세울 필요가 있는 것이다.

여기에 '고집파'의 멋진 삶이 있다

나는 결혼한 뒤에도 남편의 경제력에 전적으로 의지한 일은 한 번도 없다. 일을 하면서 자신의 경제적인 문제는 스스로 해결한다는 것이 내 라이프스타일이다. 그렇기 때문에 생활비는 남편과 내가 절반씩 부담한다. 나는 내가 벌어들인 만큼 나 자신을 위해 쓰고 나 자신을 위해서 저축한다. 한쪽이 어려울 때나 아플 때는 돕기도 하지만, 나머지는 각자의 라이프스타일에 따라 살면서 때때로 공유할 수 있는 시간을 함께 보내는 것이다. 그렇다고 해서 뻣뻣한 태도를 취하기보다는 자연스럽게 만들어가고 싶다.

이런 내 생각은 20대에 확고하게 굳어 있었다. 내가 결혼을 했다는 것은 그런 내 생각을 받아들이는 반려자를 찾았다는 말도 된다. 그렇기 때문에 나 개인의 경제적인 문제는 스스로 책임을 지고 있다. 그리고 내 직업은 자유업인 탓에 보장받는 것이 없어서 어느 정도는 저축이 필요하다. 나는 숫자에 밝지 못해서 계획을 세워서 돈을 쓰거나 꼼꼼하게 가계부를 쓰는 편은 아니지만, 어려울 때를 대비하기 위한 준비 정도는 하고 있다.

다음 일을 위한 투자도 필요하다. 내 경우에는 책을 읽는 등의 자료수집이나 취재를 위해서 돈은 언제나 얼마든 지니고 있어야 한다.

내 친구 중에는 20대부터 꿈꾸던 인테리어 공부를 결혼한 후인 30대에 시작한 사람이 있다. 그녀는 20대에 사무직으로 일할 때부터 자신의 꿈을 위해 저축을 했다.

다른 한 친구는 남편이 변호사 공부를 하고 있어서 그 뒷바라지를 하고 있다. 남편이 국가시험에 몇 차례 도전하는 동안 남편의 꿈을 위해 일하고 있는 것이다. 그 친구는 남편이 시험에 통과하면 그 다음에는 자신의 꿈에 도전할 차례라고 당당하게 말한다. 지금은 남편을 공부시키고 먹고 살기 위해 일에 전념하고 있다.

사람은 이슬만 먹고 살 수는 없기 때문에 누구든 경제적인 면에 대해서 자기 나름대로 생각해 둘 필요가 있다. 그것이 안정된 라이프스타일을 만들어가는 기초가 된다.

오랜 지인 가운데 직물회사에서 근무하는 남성이 있다. 그는 클래식 음악을 특히 좋아해서, 실내악을 들으면서 차를 마실 수 있는 가게를 언젠가는 갖고 싶다고 말하곤 했었다.

최근에 나는 그를 방문하고 무척 놀랐다. 바다가 보이는 산언덕에 정말이지 멋들어진 3층짜리 벽돌건물이 있었다. 나는 처음에는 그것이 교회라고 생각했었다. 그것이 바로 이미 쉰 살을 넘긴 그가 그 전부터 꿈꿔오던 공간이었다.

1층은 음악적인 효과를 고려해서 천정이 높은 공간에 그랜드 피아노를 마련해두고 있었다. 백 명 정도가 들어갈 수 있는 그 공간은 평소에는 차도 마실 수 있는 곳으로, 낮에는 클래식 음악이 흐르고 밤에는 매일 연주회가 열린다고 했다. 작은 오페라가 있고 실내악이 있는 프로그램 속에는 그의 꿈이 담겨 있었다.

2층에는 연습실과 회의실로 쓸 수 있는 방이 3개 있어서 희망하는 사람에게 빌려주고, 3층은 자택으로 어느 방이든 베란다에서 바다를 내다볼 수 있도록 설계되어 있었다.

진심으로 감탄하지 않을 수 없었다. 꿈을 갖고 있는 사람은 많지만, 그 꿈을 실현하기는 쉽지 않다. 지금도 그는 아침부터 밤까지 회사 일로 쫓겨야 하지만, 직장생활을 하는 한편으로 어렵게 실현한 꿈의 장소를 운영하고 있다. 그곳의 운영은 전적으로 그의 부인이 맡아서 하고 있다.

이것이야말로 라이프스타일에 대한 진정한 고집을 보여주는 좋은 예다. 그런 자세만 갖고 있다면 누구든 꿈을 이룰 수 있다. 언젠가 반드시 이루겠다는 마음가짐으로 착실하게 준비하느냐 하지 않느냐의 차이가 있을 뿐이다. 당신도 다른 사람의 흉내를 내려고 하기보다 이것만큼은 양보할 수 없다는 당신만의 고집을 가졌으면 한다.

20대를 살아가는 동안 사고의 틀만이라도 제대로 갖추고 '언젠가 반드시 이루겠다!'라는 자세로 포기하지 말고 고집을 가지고 사는 것, 그것이 가장 현명한 삶이다.

20대이기 때문에 마음껏 놀 수 있다

퇴근 후의 시간 보내기

아라타 기숙사의 '이무기' – 나의 20대

지금 나의 20대를 돌이켜 생각해보면 그땐 정말 잘 놀았다는 생각이 든다. 대학을 나와서 NHK 나고야 지방방송국에 근무한 2년 동안뿐 아니라 도쿄로 돌아온 뒤에도 그랬다.

기숙사 생활을 했던 나고야에서는 일이 끝나면 거의 매일 밤 술을 마셨다. 주량으로 말하면 대학 때는 미팅에 나가서 맥주를 마시는 것이 고작이었지만, 나고야에서 생활하는 동안 꽤 늘었다. 그땐 술을 따라주면 거절하지 않고 무엇이든 마셨다. 그런 내 재능(?)을 깨달은 곳이 나고야였고, 마시는 데는 자신이 있었다.

나고야의 여름은 덥다. 매일 같이 밤이면 열대야가 계속되었고, 쪽빛 하늘 아래를 선배에게 이끌려 다니면서 자주 술을 마셨다. 단 한 명뿐인 여자 선배와 둘이 술집으로 들어가서는 바텐더 앞쪽 자리에 앉아 김릿(gimlet. 진과 라임주스로 만든 칵테일-옮긴이) 등을 점잔을 빼며 마시곤 했었다. 돈이 넉넉하지 않을 때는 모녀가 운영하는 포장마차에서 가볍게 마시기도 했다. 그렇게 하지 않고는 젊음과 남는 시간을 주체할 수 없었다.

기숙사에 돌아오면 누군가의 방에서 술자리가 벌어지곤 했다. 남자들만 있는 자리에 여자는 단 두 명뿐이었다. 미숙한 예술론이며 사회문제 등이 싸구려 술이 오가는 가운데 펼쳐지곤 했다.

숙취로 고생을 하긴 했지만 다음날은 오히려 더 정신을 집중해서 일을 했다. 전날 술 마신 것을 티내지 않으려고 긴장하고 있었기 때문에 실수도 적었다. 젊을 때는 조금 무리를 하더라도 표가 나지 않고, 하루 정도 밤을 새더라도 끄떡없다.

요즘은 여성들 중에도 술이 센 사람이 많지만 자신의 주량 정도는 알고 마시는 것이 좋다. 여자의 주정은 그렇게 좋게 보이지 않기 때문이다. 남자도 마찬가지지만 여자의 경우는 특히 나중에 무슨 말을 듣게 될지 모르기 때문에 더욱 조심해야 한다.

나는 내가 살던 기숙사의 이름을 딴 '아라타의 이무기'라는 별명이 생겼을 정도로 아무리 많이 마셔도 평소 때와 크게 다르지 않았고, 행동이 흐트러진 적은 거의 없었다. 추태를 보인 적도 없다. 딱 한 번 필름이 끊겼던 적이 있다. 술을 좋아하는 선배와 딱 하나인 여자선배와 셋이 술을 마시고 우리는 모두 술에 취한 상태로 선배의 집으로 갔다. 다음날 아침 처음 만난 부인에게 '남편에겐 흔히 있는 일이에요'라는 말을 들은 후로는 취한 일이 거의 없다.

내가 그렇게 마셔댄 이유는 흐트러지지 않을 자신이 있었기 때문이었다. 당시에 자주 다닌 술집 주인이 그때 일을 회상하면서 '그 때는 한 되짜리 병을 갖다놓고 마셨지.'라고 말할 정도였다. 하지만 그래도 피곤하거나 몸이 좋지 않을 때는 마시는 척하면서 그릇에 비워 내 주량을 넘지 않도록 조절하기도 했다. 특히 회사의 연회석 등에서는 모두 취해 있기 때문에 마시는 척 하는 것은 얼마든지 가능하다.

아무튼 술을 마실 때는 현명하게 즐겁게 마셨으면 한다. '술에 취한다'고 말하지만, 술은 자신의 몸과 대화하면서 마시는 것이 좋다. 그리고 분위기에 편승해서 추태를 보이지 않도록 주의했으면 한다.

남자들은 함부로 말하는 습관이 있어서 자신이 술에 취해 저지른 일은 실수라고 얼버무리는 반면, 여자가 술에 취한 사실은 그냥 넘어가지 못하고 비아냥거린다. 그런 소리를 듣지 않으려면 자신의 주량을 빨리 파악해두고 적당히 마시는 것이 제일이다.

다만 마실 수 있는 사람이 사양할 필요는 없다. 반대로 마시지 못하는 사람도 억지로 마실 필요가 없다.

최근에는 남성들 중에서도 현명하게 마시는 사람이 늘어서 이전 같은 호걸은 찾아보기 어렵다. 모두 자기관리를 철저하게 하기 때문에 술을 마시는 것도 지나치다 싶게 예의가 바르다. 젊을 때는 다소 예의바르지 않아도 좋고 너무 똑똑하게 행동하지 않지 않아도 상관없다. 다른 사람의 눈만 의식하기보다 자유롭게 행동하는 것이 더 좋다. 따라서 술이 센 사람은 이따금 과하게 마시는 것도 나쁘지 않다.

내가 살던 기숙사에서는 1년에 한 차례 술을 마시면서 하룻밤을 밝히는 '축제'가 있었다. 그것도 선배에게 예의를 갖추지 않고 함께 어울려서 술을 마실 수 있는 날이었기 때문에, 그때는 누구나 술을 마시고 소란을 피웠다. 그런 기억은 나이가 들면 그립고 마음에 남기 마련이다.

놀 때는 지나치게 현명하게 행동하지 않아도 좋다. 춤을 추면서 밤을 밝혀도 좋고, 콘서트에 몰두하는 것도 좋다. 다만 다음 날은 조금 괴롭더라도 힘내서 일했으면 한다. 다른 사람에게 피해만 주지 않으면 되는 것이다.

나고야에서 도쿄로 돌아온 뒤에는 일이 끝나면 7시 이후에는 자주 남자 친구들과 드라이브를 했다. 목적지는 쇼난(가나가와 현의 해안지대-옮긴이) 방면이 많았는데, 그것은 요즘 젊은 사람들과 크게 다르지 않다. 하지만 당시에는 고속도로가 없어서 가는 데만 해도 두세 시간 걸렸기 때문에 돌아오면 새벽 2시나 3시가 되곤 했다. 해변에서 차가 빠져 경찰을 불렀던 적도 있고, 옆 차와 속도 경주를 하면서 가루이자와까지 갔던 적도 있다. 지금은 그 모든 것이 그리운 추억이 되었다.

돌이켜보면 정말 잘 놀았다. 일도 열심히 했다. 그런 의미에서 젊은 시절에 대한 후회는 없다. 잘 놀고 열심히 일한 나의 20대를 나는 만족한다.

마음껏 노는 사람이 '어른'

젊었을 때 노는 것은 나쁜 일이 아니다. 흔히 젊었을 때 놀지 않던 사람이 중년에 접어들어 갑자기 노는 재미에 빠지면 그곳에서 헤어나기 어렵다는 말을 한다. 남자의 경우에는 중년에 여자나 노래방에 빠진 사람은 손쓸 수가 없다. 그것은 여자도 마찬가지다. 성실하게만 살아온 사람이 3, 40대에 바람을 피워서 가정을 흔드는 경우도 있다.

그런 점에서 보면 젊었을 때 논 사람이 어른이다. 젊었을 때 그 에너지를 모두 써 버리면 더 이상 이상한 쪽으로 가지 않는다.

다시 말하면 젊었을 때 마음껏 일하고 마음껏 노는 것이 다른 사람들에게 유혹을 받지 않고 자신의 생각을 확고하게 지킬 수 있다.

부모에게 착한 아이가 되고 사회에 좋은 사람이 되기보다 다소 건방져보여도 자기 나름의 생각을 주장하는 것이 좋다.

젊다는 것은 자기주장이 강하고 건방지다는 것과도 통한다. 어른이 보아서 거스르지 않고 순종하는 것은 자랑거리가 아니다. 어른이 말하는 것을 듣고 그것을 인정하는 것도 중요하지만 그 생각이 이상하다고 생각될 때 자신의 의견을 분명하게 말하는 것 역시 필요하다.

나도 건방지다는 말을 자주 들었다. 하지만 내 스스로 내 자신의 생각을 존중했기 때문에 일을 계속할 수 있었던 것이다. 어른의 얼굴색만 살펴서는 아무 일도 하지 못한다.

다른 사람의 기분에 맞추려고 하기보다 자신은 어떻게 살아가고 싶은지 자신의 생각을 키워가야 한다. 그 기초를 만드는 것이 20대다. 어른에게 잘 보이려고 하거나 다른 사람의 눈치만 살피면 평생 그 습관에서 벗어날 수 없다. 그렇기 때문에 20대에는 다른 사람에게 좌지우지되지 않는 자신만의 삶의 패턴을 만들어가야 한다. 그러기 위해서는 마음껏 일하고 마음껏 놀자. 결코 물에 술탄 듯 술에 물탄 듯 하지 않는 것이 좋다.

패션, 영화, 콘서트⋯ 자신의 기호가 보인다

퇴근 후에는 의미 있는 시간을 보내자. 매일 규칙적인 생활을 하는 것도 좋지만, 이따금 정해진 틀을 깨보는 것도 좋다. 20대에는 체력이 충분하니까 여러 가지 일에 도전해보자.

패션 감각 등의 센스를 키우는 것도 중요하다. 단지 유행을 쫓거나 다른 사람의 흉내를 내는 것이 아니라, 자신에게 맞는 것을 찾아 다녀보자. 나도 20대에는 마음에 드는 것을 찾기 위해 도쿄에 있는 눈에 띄는 가게를 모두 돌아다닌 적도 있다.

또한 보고 싶은 것이나 듣고 싶은 것은 돈이 조금 들더라도 직접 가서 경험하는 것이 좋다. 연극이나 음악회, 마음을 움직이는 다양한 행사나 화제가 된 것은 어떻게든 보아두는 것이 좋다. 내가 20대였던 시기는 영화가 전성기여서 당시에 상연된 외국영화는 모두 보았다고 해도 좋을 정도다. 방송국에 근무하고 있었기 때문에 음악회는 녹음실에 들어가서 반드시 들었다. 그러는 동안 내가 좋아하는 것이 무엇인지 찾을 수 있었다. 흥미 있는 것이나 끌리는 것을 찾으면 그것을 중점적으로 보는 것도 좋다.

요즘은 퇴근 후의 문화가 다양화되어 볼 것과 들을 것이 넘쳐나지만, 선택하는 것은 오히려 더 어려워졌다. 하지만 젊을 때는 무엇이든 탐욕적으로 흡수하는 것이 좋다. 이것 역시 자신의 눈과 귀로 직접 보고 듣는 것이 중요하다.

그리고 보고 들은 뒤에는 친구나 연인과 이야기해보는 것도 좋다. 그러면 자신의 시각이 분명해지고, 자신과 전혀 다른 견해를 듣고 배울 수도 있다.

여기에서 내가 권하고 싶은 것은 퇴근 후에 서점에 들르는 것이다. 책을 사거나 읽지 않아도 좋다. 서점에서 책을 바라보기만 해도 좋다. 단 잡지코너가 아닌, 서적코너로 가자. 신간서적을 비롯해서 문예지나 에세이 등을 구경하고 만약 읽고 싶은 생각이 들면 사서 보면 된다.

금요일이나 토요일 밤에 시내 번화가로 나가면 언제나 친구나 연인을 기다리는 사람들로 북새통을 이룬다. 그런 복잡한 곳에서 약속 상대를 찾는 것이 대단하게 생각될 정도다. 반면 사거리를 끼고 위치한 서점 앞에는 사람이 거의 없다. 기왕에 누군가를 기다린다면 서점 안으로 들어가서 책을 구경하면서 상대를 기다리는 것은 어떨까. 그러는 쪽이 폼도 나고 기다리는 것이 지루하지 않다. 그리고 그 사거리에서 조금 더 걸어가면 서점이 하나 더 있다. 그곳은 공간이 넓어서 마음까지도 편해진다.

누군가를 기다리는 장소로 내가 가장 좋아하는 곳은 서점이다. 앉아서 기다리고 싶다면 커피전문점 같은 곳이 좋겠지만, 서점에 들어가서 책을 한 권 들고 천천히 보면서 여유 있게 기다리는 것이 훨씬 이득이라고 생각하기 때문이다.

젊을 때 마음껏 일하고 마음껏 노는 것이 다른 사람에게 유혹을 받지 않고 자신의 생각을 확고하게 지킬 수 있다. 이를 위해 퇴근 후의 의미 있는 시간을 만드는 것이 아주 중요하다.

3

당신도 '테니스와 여행'?

'자신을 위한' 개성 있는 취미

오래가는 취미를 갖자

이력서에는 취미를 쓰는 난이 있다. 사적인 사항이기 때문에 쓰지 않아도 무방하다고 생각하는 부분이지만 무슨 이유 때문인지 반드시 있다.

'음악, 독서'라고 쓰고 나서 보면 왠지 스스로도 속이 들여다보이는 듯한 느낌이다. 사실 취미라고 하면 너무나 막연해서 구체적으로 표현하기 어렵다. 당신은 뭐라고 쓰는가. 스물네 살을 전후한 여성들과 이야기를 해보니 요즘은 '드라이브, 여행, 음악, 테니스' 등을 쓰는 것이 상식이라고 한다. 게다가 다른 사람들과 비슷한 것을 쓰지 않으면 체면이 서지 않는다고 한다.

하지만 모두가 한다는 이유 때문에 다른 사람들이 하는 일을 따라 해서는 스스로가 즐기는 취미라고 말하기 어렵다. 애써서 만든 자신의 시간이니만큼 다른 사람들이 하지 않는 것을 하면서 보내는 것은 어떨까 생각하게 된다. 자신의 시간을 자신답게 쓰는 것이 취미이기 때문이다.

젊기 때문에 이것저것을 직접 경험하는 것도 좋고, 좋아하는 일은 무엇이든 해보는 것이 좋다. 게다가 결혼하기 전까지는 시간도 돈도 충분히 있으니까 마음만 있다면 무엇이든 가능하다.

다만 이것저것을 시작하기만 할 것이 아니라, 무엇이든 한 가지는 오래도록 계속했으면 한다. 자신이 진짜 좋아하는 것을 깊이 있게 오래도록 해보는 것이다.

남성들은 성격상 여성에 비해 한 가지에 오래 집중한다고 한다. 그래서 한 가지 일에 몰입하면 평생 뭔가를 수집하거나 그것에 매여 지낸다. 그런 특성 때문인지 마니아나 수집가는 남성이 많다. 반면에 여자는 아무래도 현실적이어서 남자에 비하면 취미에도 깊게 빠져들지 않는다. 하지만 요즘 젊은 여성들은 여가생활에 돈을 자유롭게 쓰려고 하기 때문에 앞으로는 여성들 가운데서도 마니아나 수집가가 늘어날지도 모른다.

젊을 때 자신이 좋아하는 것을 제대로 파악해 두는 것은 나중을 위해서도 좋다. 자신이 무엇을 좋아하는지, 자신도 모르는 것은 문제다. 젊을 때 한 가지라도 앞으로 계속하고 싶은 취미를 찾자.

자신을 만나는 '나홀로 여행'

자신만의 사적인 시간이 주어졌을 때는 다른 사람들과 다른, 무엇인가를 하겠다는 생각을 해보는 것은 어떨까. 여행 하나만 보더라도 최근에는 많은 사람들이 파리나 로마로 가서 유명 브랜드 상품을 사온다. 하지만 나는 많은 사람들이 가는 곳보다는 오히려 인도나 중동, 아프리카, 동남아시아, 남미 등으로의 여행을 권하고 싶다.

몸이 건강하고 감수성이 풍부한 시기에 다양한 문화를 접하면서 경험을 쌓는 것은 자신의 미래를 위해서도 좋다.

굳이 예를 들자면 스위스나 파리는 젊을 때 가는 것도 좋지만 좀더 나이가 든 후에 가도 된다. 정보도 많고 청결해서 노부부가 여행하기에 적당하다.

물론 등산을 하기 위해 스위스를 가고 예술을 배우기 위해 프랑스로 가는 경우도 있다. 이처럼 특별한 목적이 있어서 그 목적을 위해서 간다면 모르지만, 단지 많은 사람들이 가고 싶어 하는 곳이기 때문에 따라간다고 하면 그것보다 한심한 일은 없다. 오히려 모두가 가는 곳은 싫다는 오기가 있었으면 한다. 그것이 바로 자신의 여행이고 취미다.

예를 들어 인도나 중동 등 개발도상국을 여행하는 것은 젊은 사람들에게 더 잘 어울린다. 그곳에 가면 과거의 고대 문명과 현대가 뒤섞인 속에서 무엇인가 반드시 얻는 것이 있다.

예전에 만난 여성 중에 반년 동안 인도에서 지낸 사람이 있다. 앞에서 이미 소개한 새내기 공업디자이너인데, 그 여성은 회사를 그만두고 미련 없이 여행을 떠났다. 그녀는 혼자 여행하면서 자유롭게 인도의 서민들과 섞여 생활했다. 여행을 하는 동안 많은 현지인들과 여행객을 만난 그녀는 일상생활에서는 만나기 어려운 사람들을 만날 수 있었다. 나중에 동거하게 된 카메라맨과 이란인 남자친구도 그때 만난 사람들이다.

그녀는 일본을 떠나 물질이 풍족하지 못한 나라에서 생활한 뒤에 비로소 물질의 의미를 깨달았고, 석양이나 바다 등 자연에서

느끼는 진짜 감동이 무엇인가를 몸으로 체험했다고 했다. 그 반년
은 그녀의 일생에서도 중요한 의미를 갖게 될 것이다.

반년 동안의 여행을 마친 뒤, 그녀는 자신 속에서 무엇인가가
힘차게 터져 나오는 듯한 내부의 변화를 깨달았다. 어디에서든 생
활할 수 있다, 혼자 살아갈 수 있다는 자신감도 얻었다고 했다.

여행비는 여행을 떠나기 전에 일하면서 마련한 것이었다. 반년
이라고 해도 가난한 여행이라 돈이 별로 들지 않았기 때문에 돌
아올 때까지도 조금 남아있었다. 그런 여행은 젊을 때밖에 하지
못한다.

여행이라고 해서 반드시 해외로까지 나갈 필요는 없다. 한 직
장인 여성은 홋카이도의 매력에 푹 빠진 사람이었다. 처음에 친구
와 여행한 뒤로 혼자 자주 여행을 다니게 되었다고 한다. 더 이상
나아갈 수 없는 육지의 끝까지 자신의 발로 직접 걸어가서 바라
본 태양은 너무나 감격적이었고, 그 이후부터는 언제나 혼자 여행
을 떠난다고 한다.

혼자 여행함으로써 일을 할 때도 책임을 다하게 된다.

멋진 여성이 많이 늘었다. 그런가 하면 다른 한편에서는 다른
사람들에게 '뒤쳐지지도 튀지도 않기 위해' 비슷한 사람들과 함
께 테니스나 스키, 드라이브 등을 하면서 보통 사람처럼 살려고

하는 여성들도 있다. 그들은 항상 욕구불만이다. 자신의 에너지를 제대로 연소시키지 못한 채 콤플렉스만 증식시키고 있다.

직장에서 지시받은 일은 싫더라도 어쩔 수 없이 그대로 따라야 하지만, 자신의 사생활은 어떤 누구의 눈치를 볼 필요도 없다. 있는 힘껏 자신을 위한 시간을 만들어가기 바란다.

'아무것도 하지 않는 것'도 취미!?

취미라고 하면 반드시 무엇인가를 해야 하는 것이라고 생각하는 사람들이 있지만, 특별한 일을 하지 않고 멀뚱멀뚱 지내는 것도 취미로 삼으면 취미가 된다. 예를 들면 덩그러니 누워 지내는 것이 그런 것이다. 편하게 누운 상태로 이러저런 생각을 하면서 쉬는 것도 의미 있는 일이기 때문이다.

그런 의미에서 보면 산책도 좋다. 나도 휴일에는 마음을 비우고 한참을 이곳저곳 어슬렁거리며 걸어 다닌다. 처음 가는 길목을 들어서면 새로운 길을 발견하고 새로운 것을 발견할 수도 있고, 거기에는 만남도 있다.

이것 역시 여행이다. 돈을 들여서 먼 곳까지 가지 않더라도 운이 좋으면 새로운 발견이나 깨달음을 얻을 수 있다.

언젠가 록퐁기에서 조금 벗어난 뒤쪽의 언덕길에서 담쟁이덩굴로 뒤덮인 돌계단을 발견했다. 그곳에는 시마자키 도손(일본의 다이쇼와 쇼와 시대에 걸쳐 활동한 시인이자 소설가. 전통적인 시어와 운율을 살린 시집 『와카나슈』가 주목을 끌었고, 자연주의 소설가로서의 출발을 선언한 『파계』를 비롯하여 『봄』 『집』 등 다수의 소설을 발표하여 자연주의를 대표하는 작가로 이름이 높다―옮긴이)이 『동트기 전』을 쓴 곳임을 알리는 비석이 있었다.

그래서 나는 장을 볼 때나 지하철을 탈 때도 가능하면 다른 길을 골라 다닌다. 그러면 철따라 피어나는 치자꽃과 자양화의 예쁜 자태를 새롭게 발견하는데, 그때 느끼는 섬세한 감동은 마음까지 따뜻하게 해준다.

여행을 제대로 했는지를 보여주는 바로미터는 감탄사의 유무다. 감동은 다른 사람이 하는 것을 흉내만 내서는 나오지 않는다. 스스로 발견하고 자기만의 감동을 가질 때 저절로 나오는 것이다.

요즘 젊은 사람들은 노는 것만큼은 확실히 잘한다. 어떤 세대가 보편적으로 느끼는 놀이에 대한 죄의식 같은 감정도 없다. 그것은 바꾸어 말하면 요즘 젊은이들은 자신의 생활을 중요하게 생각한다는 말이 된다. 그것은 아주 좋은 일이다. 다른 사람의 흉내를 내기보다 당신에게만 있는 체험과 감동을 당신의 생활 속에서 만들어갔으면 하는 바람이다.

결혼한 뒤에도 자신의 시간을 갖자

내 주변에는 취미를 발전시켜서 자신의 직업으로 만든 사람도 많다. 어떤 사람은 음악을 좋아해서 학생 때부터 밴드를 하면서 작곡을 하곤 했다. 그 취미가 지금은 음악과 관련된 일을 하는 계기가 되었다. 또한 연극과 영화를 좋아해서 빠뜨리지 않고 보았던 어떤 사람은 지금은 영화평론을 쓰는 일을 하고 있다.

내가 20대였을 때, 아니 10년 전까지만 해도 여간해선 그렇게 사는 것이 쉽지만은 않았다. 지금은 마음만 먹으면 취미만 가지고도 충분히 살아갈 수 있다. 아르바이트를 하면서 연극배우를 꿈꾸거나 음악을 하는 사람들이 있다. 그런 일은 젊을 때밖에 하지 못한다.

안정된 대기업에 들어가서 보통 사람들과 똑같은 삶을 추구하겠다는 생각을 버리고 자신이 하고 싶은 일이 무엇인지 찾아서 자신의 나래를 펴고 시도해 보는 것도 나름대로 의미 있는 삶이다. 어떤 의미에서 보면 그런 삶은 여성들에게 더욱 쉽다. 남자들의 생각 한쪽에는 아내와 아이들을 먹여 살려야 한다는 생각이 있어서 대체로 안정된 삶을 지향하는 경향이 있지만, 여자의 경우에는 대개 자신 혼자만 생각하면 그만이다.

여가를 어떻게 현명하게 보낼 것인가, 어떻게 해서 자신다운

인생을 만들어갈 것인가가 앞으로의 당신의 인생을 크게 좌우한다.

자신의 시간조차 자신답게 쓰지 못한다면 앞으로 펼쳐질 미래가 걱정이 아닐 수 없다. 결혼을 하고 아이가 생겨도 당신의 인생은 당신을 위한 것이다. 아이나 남편만을 위해 있는 것이 아니라는 사실을 명심했으면 한다. 그렇기 때문에 지금은 당신 자신의 인생을 어떻게 만들어가야 하는가를 생각해야 할 때다. 30대, 40대가 되어 다른 사람을 탓하면서 후회하면 늦는다. 나이가 든 뒤에 환각제나 알코올에 의존하고 싶지 않다면 20대를 어떻게 살 것인가를 분명하게 짚어두는 일이 중요하다.

친구나 유행을 쫓을 것이 아니라, 당신 자신을 찾고 자신에게 맞는 것과 좋아하는 것이 무엇인지 당신의 생활 속에서 우선 찾아보기 바란다. 스포츠든 여행이든 음악이든 독서든 무엇이든 좋다. 당신 주변에 있는 가까운 것들부터 스스로 만드는 인생을 시작해보자.

회사에서 돌아와 방에 혼자 덩그러니 있는 것이 두렵다거나 혼자서는 아무것도 하지 못해서 여가시간이 두렵다고 생각하는가. 그렇다고 해서 다른 사람들과 똑같은 것을 하는 것은 취미가 아니라 시간을 죽이는 일이다.

시간을 죽이는 삶은 수동적인 삶이 될 수밖에 없다. 취미는 스스로 적극적으로 찾아서 하는 것이기 때문에 이 두 가지는 비슷한 것 같지만 분명히 다르다.

젊을 때 자신이 좋아하는 것을 제대로 파악해 두는 것은
나중을 위해서도 좋다.
앞으로 계속하고 싶은 취미를 한 가지라도 찾자.

뭔가 다른 '나 만들기'를 위해

왜 사회인 대학에 다니는가?

'즐기는 방법'은 이런 것도 있다

문화센터가 하나의 유행으로 번지기 시작한 것은 얼마 전 일이다. 이렇다 저렇다 말도 많지만, 다른 것에 비하면 문화센터의 유행은 아지은 괜찮은 편이다. 문화센터를 셰기로 미지의 세계를 접한 사람도 있을 것이고, 공부를 다시 시작한 사람도 있을 것이다.

나는 문화센터 내에 개설된 에세이 교실에서 한 달에 한번 강의를 하고 있다. 수강생들의 연령은 20대부터 60대까지 다양하고 직업이나 각자가 인생에서 경험한 것도 무척 다르다.

일상생활에서는 젊은 사람은 젊은 사람들끼리, 그리고 나이가 든 사람은 나이가 든 사람들끼리 모이는 경우가 많지만, 에세이 교실에서는 나이에 구분이 없다. 게다가 일반 학교와 달리, 사람 수도 적어서 수강생들 사이에 교류도 쉽게 이루어진다. 내가 바라보는 문화센터는 공부보다는 그와 같이 서로 다른 사람들이 모이는 데 의미가 있다. 다양한 세대가 모인만큼 다양한 시각을 접할 수 있어서 서로의 생각에 놀라는 경우도 많다. 그런 가운데서 세대를 뛰어넘는 이해와 우정이 쌓여간다.

내가 강사를 맡은 이유는 다양한 사람들을 만날 수 있다고 생각했기 때문이다. 일의 성격상 내가 만나는 사람은 매스컴과 관련된 사람들이 대부분이다. 의외로 좁은 세계에서 생활하는 터라 평소에도 좀더 폭넓고 다양한 시각으로 세상을 바라보고 싶다는 생각을 하고 있다. 하지만 그것은 여간해서는 쉽지 않은 일이다. 따라서 문화센터를 찾아오는 수강생들과 대화하는 시간을 통해서 새로운 발견을 하게 된다.

수강생 중에는 한번도 글을 써보지 않은 사람도 있다. 하지만 글을 쓴다고 해서 반드시 아름다운 문장을 써야 하는 것은 아니다. 본 것과 느낀 것을 자신의 말로 쓰면 되는 것이다.

"글은 사람이다" 라는 말이 있다. 글은 자기표현이다. 입으로 하는 말은 시간이 지나면 사라지지만, 글은 자신의 생각을 한 번 더 확인하는 행위다. 글로 쓴 문장을 읽음으로써 다시금 자신을 알 수 있게 된다. 그렇기 때문에 글을 쓰면 자기 자신과 마주하게 되고 자신의 속마음도 알 수 있다.

일단 시작했다면 3년은 기본

그런데 당신은 지금 무엇인가 배우는 것이 있는가. 배우고 있다면 그것은 무엇인가.

나는 20대를 정신없이 보냈기 때문에 일이 끝나면 피곤해서 다른 공부를 할 엄두를 내지 못했다. 굳이 이유를 말한다면, 아나운서라는 직업은 일이 불규칙해서 언제 무슨 일이 생길지 모르기 때문에 정해진 시간에 무엇인가를 배운다는 것은 말처럼 쉽지 않다. 근무시간이 대체로 일정한 보통 직장인이라면 다시 무엇인가를 시작할 수 있을 것이다.

그것을 하느냐 못하느냐를 결정하는 것은 의욕이다. 의욕만 있으면 혼자서 독학하는 것도 가능하다. 얼마 못가 게으름을 부리게 된다는 것이 문제지만. 그렇기 때문에 많은 직장인이 대학 과정을 선택하는지도 모르겠다. 게다가 그런 경우에는 적지 않은 수강료를 내야 하기 때문에 돈을 들인 것만큼 무엇인가를 얻어야 한다는 생각도 작용한다.

학생 때는 별로 공부를 하지 않던 사람들도 막상 사회생활을 하면 미리 해두었으면 좋았을 거라고 생각하는 일이 많다. 최근에는 대학에서도 사회인에게 배움의 길을 제공하는 곳이 늘었고, 사회인 대학 과정에서 공부하는 사람들에게 들어보면 사회인은 일반 학생보다 몇 배나 열심히 공부한다고 한다. 그것은 일하면서 공부에 대한 필요성을 절실히 느끼기 때문이 아닐까 싶다.

최근에는 사회생활을 하면서 한 번 더 공부하고 싶다고 생각하는 사람들이 많다. 그런 사람들에게 공부할 수 있는 기회가 늘어난 것은 아주 좋은 현상이다. 다시 공부를 시작한 사람들 가운데는 아나운서를 그만 둔 사람을 비롯해서 간호사와 상점주인 등 직업도 매우 다양하다.

내가 아나운서를 그만두고 뭔가를 다시 배우려고 생각했을 때만 해도 그런 기회는 찾기 어려웠다. 당시 어렵게 모교인 와세다 대학의 대학원에서 특수학생으로 공부할 수 있는 기회를 얻었지만, 학생운동이 빈번하던 시기여서 언제나 휴강을 하거나 아예 학교 문을 걸어 잠그는 일이 비일비재했다. 나는 결국 학업을 포기했다. 하지만 지금까지도 계속 공부하지 않았던 것이 후회가 된다.

당신이 무엇인가를 배우기 시작했다면 일단 그것을 계속하기 바란다. 적어도 3년은 계속했으면 한다. 계속 쉬다보면 배우러 가는 것이 귀찮아지지만 용기를 가지고 계속해보기 바란다. 잔업이나 중병 같이 어쩔 수 없는 경우를 제외하고 여간한 일이 아니라면 쉬지 않는 것이 좋다.

여성의 경우 무슨 일이 있으면 간단히 쉬는 사람이 많다. 내가 나가는 강연회의 경우만 봐도 여성들을 상대로 하는 강의는 참석 인원이 날씨에 좌우되는 일이 많다. 비가 내리거나 바람이 불면 참석률이 뚝 떨어진다. 날씨가 좋지 않다고 쉴 정도라면 그런 사람에게는 크게 기대하기 어렵다. 아무것도 배울 수 없는 것이다. 자신이 결정한 일에 대해서는 책임감을 갖고 계속하자.

무엇을 배울 것인가

학교를 졸업한 뒤 사회인이 배우는 것은 예절법과 관련된 것을 비롯해서 직장에서 바로 쓸 수 있는 실무적인 것과 문화적인 것에 이르기까지 매우 다양하다. 물론 어느 것이 좋고 어느 것이 나쁘다는 말이 아니다. 무엇을 하든 자신에게 맞는 것을 선택하면 된다. 다만 다른 사람들이 하기 때문에 따라하는 것이 아니라, 자신이 하고 싶은 것을 우선해서 시작했으면 한다.

예전 같으면 예절과 관련된 것으로 다도나 꽃꽂이를 반드시 배워야 했다. 일단 결혼적령기가 되면 좋고 싫고를 떠나 누구나 다 배웠다. 하지만 나는 한번도 그런 것을 배운 적이 없다. 그것을 배우기 위해 시간을 낼 수 있을 정도라면 그것 말고도 하고 싶었던 것이 많았고, 솔직히 꽃꽂이나 다도는 끔찍하게 싫었다. 다른 사람들이 유행을 쫓아하는 일은 한번 하겠다는 마음만 먹으면 혼자서도 할 수 있다는 자심감도 있었다.

누구든 그것을 해야 할 상황이 만들어지면 하기 마련이다. 스스로 정말로 다도를 좋아하고 꽃을 좋아한다면 해도 좋다. 하지만 '혼기가 찼기 때문에 배워야 한다'는 말은 이해하기 어렵다.

그럼 이번에는 실무적인 것에 대해서 생각해보자. 예를 들어 영어회화나 컴퓨터를 배우고 전화교환 같은 기술을 배우는 것은 크게 도움이 된다. 영어회화를 배워서 외국계열 회사의 사장 비서가 될 수도 있고, 컴퓨터기술을 익혀서 좀더 조건이 좋은 회사로 전직할 수도 있다. 그런가 하면 전화교환원을 자신의 직업으로 삼는 사람도 있을 것이다. 지금은 교육을 시키는 학원도 다양해서 자신의 능력을 계발할 기회가 많아졌다.

최근에는 아침 일찍 일어나서 영어회화나 컴퓨터를 배우기 위해 학원을 다니는 남성도 많다고 한다. 그렇게 하지 않으면 국제화나 자동 사무화가 발달된 이 시대를 따라가기 어렵기 때문이다.

일에서 활용할 수 있는 실무적인 것은 적당히 할 수 없는 일인 만큼 제대로 익히자. 그러면 호랑이에 날개를 단 것 같이 실무에서도 충분히 실력을 발휘할 수 있다. 그런 반면, 최근에는 영어회화나 컴퓨터를 어느 정도 할 줄 아는 사람은 얼마든지 있다. 그렇기 때문에 다른 사람을 앞서가기 위해서는 다른 사람이 하지 못하는 기술을 갖고 있는가 없는가가 승부처가 된다. 경쟁은 언제나 치열하다.

지금 바로 도움이 되지 않는 것이 당신을 한 차원 높인다

그런데 여기에서 생각해야 할 것이 하나 더 있다. 그것은 문화적인 부분의 하나로, 자신의 인간성을 심화시키기 위한 것이다. 이 경우 실무적인 것이나 다도, 꽃꽂이처럼 결과가 바로 나타나지 않을 수도 있다. 도움이 되는지의 여부는 지금 당장 판단하기 어렵지만 세상을 살아가는 데 있어서는 이것이 더 중요하다.

그것은 다름 아닌 사물을 바라보는 눈, 생각하는 힘을 키우는 것이다. 그 속에서 다른 사람들과 구별되는 독창성이 나온다. 가령 시간을 내서 무엇이든 책 한 권을 읽어보자. 고전소설이나 역사책을 펼쳐서 읽는 것도 좋다. 그 속에서 인간관찰을 배우거나 자신의 견해를 자연스럽게 키울 수 있다.

이 세상에 자기 자신과 대화할 수 있는 사람은 그다지 많지 않다. 대부분의 사람들은 매일 일어나는 다양한 일에 정신을 빼앗겨서 자기와 마주하지 못하고 살아간다. 자신과 대화하는 시간을 하루 10분이든 20분이든 만드는 것이 좋다. 그런 시간은 마음을 풍요롭게 해준다.

시를 지어보거나 에세이를 써보는 것도 좋다. 글을 쓰기 위해서는 사물의 본질을 보기 위해 노력하고 스스로 생각하는 습관을 길러야 한다. 그런 습관은 20대에 반드시 익혀두는 것이 좋다. 생각하는 습관을 들이면 당신은 자신의 인생을 소중하게 생각하게 될 것이다. 지금까지 이야기한 사회인 대학의 교육과정도 바로 스스로 생각하는 수련의 장(場)이다.

일은 어쩔 수 없이 하는 경우도 많지만, 사회생활을 통해서 배움을 시작하는 것은 의무와는 별개다. 당신의 자발적인 의지가 문제될 뿐이다. 학교에 다니는데 의의가 있는 것이 아니라, 스스로의 생각으로 무엇인가를 공부한다는 것이 중요한 것이다. 물론 학교에 다니지 않고 독학할 수 있는 사람이라면 혼자 하면 된다. 다

여기에서는 직장생활을 하면서 병행할 수 있는 사회인 대학을 예로 들었지만, 이것뿐 아니라 자신의 시간을 이용하는 방법을 스스로 생각하는 일도 중요하다. 여가시간의 이용법까지 누군가에게 배우려고 한다면 그것만큼 한심한 일은 없을 것이다. 자신의 시간을 충분히 자기답게 이용하면서 살았으면 한다.

나이가 든 사람들 중에 일만 하는 사람들은 유급휴가를 어떻게 써야 좋을지 몰라 고민하는 경우도 있다. 어떤 회사에서 한 달을 휴가로 주었더니, 휴가를 받은 대부분의 직원이 두세 차례 회사로 전화를 걸었다고 한다. 휴가를 받아서도 회사 일이 마음에 걸려 견딜 수 없었던 모양인지 동료를 만나거나 회사에 얼굴을 비친 사람도 있었다고 한다.

그 정도로 직장에 매인 사람이 많다는 증거겠지만, 사생활에 충실해야 일도 잘 한다. 자기 자신을 위해서라도 일할 때는 일하고 놀 때는 놀 줄 아는 사람이 되어야 하지 않을까 생각해본다.

5

타인을 배려하는 전화를 '거는 법'과 '받는 법'

사적인 전화는 '마음'으로 이야기하자

다른 사람에게 피해를 주지 않고 '전화를 길게 쓰는 법'

'오랜 치장시간, 긴 식사시간, 긴 통화'

이 말들은 과거에 20대 여성들을 표현할 때 쓰는 대명사였다. 치장을 하는데 시간이 걸리고, 식사도 천천히 하고 전화통화도 길다는 말이다. 물론 이것은 하나같이 나쁜 습관을 가리키는 말이다.

■ 보다 즐거운 삶을 위한 라이프스타일 찾는 법

그런데 요즘은 이 말들이 젊은 남성에게 그대로 들어맞는다. 예를 들면 헤어드라이어를 써서 머리를 만지는가 하면 면도와 피부 관리에 시간을 들이고 공을 들인다. 다만 최근에는 밥을 빨리 먹는 것은 건강에 좋지 않다고 알려졌기 때문에 식사시간이 긴 것이 그렇게 나쁘게 비쳐지지는 않는다.

통화를 길게 하는 것도 이제는 젊은 남성들의 전매특허가 된 느낌이다. 전화하는 상대방이 집에서는 전화하기 어려운 여자친구인지 언제 끝날지 모를 긴 이야기가 이어진다.

물론 통화를 길게 하는 여성들의 습관이 바뀐 것은 아니다. 여성들도 남성들에게 지지 않을 기세로 통화시간이 길다.

친구나 지인의 집으로 전화하는 경우, 대개 밤에는 통화하기 어렵다. 그들의 딸 혹은 아들이 통화중이기 때문이다. 급한 경우에는 초조함이 극에 달한다. 하지만 포기할 수밖에 없다. 대부분 한 번 통화하기 시작하면 한 시간 혹은 두 시간 가까이 길어지기 때문이다.

물론 나도 연인과 끝도 없이 전화통화를 한 적이 있다. 전화를 끊고 싶지 않았던 경험도 있다.

그렇다고 해서 통화를 길게 하는 것이 모두 나쁘다고 말하는 것은 아니다. 깊은 밤의 러브 콜이나 친구의 고민을 들어주는 것도 중요하다. 하지만 그런 경우라도 다른 사람에게 피해를 주지 말아야 한다는 것이다. 공중전화라면 기다리는 사람이 있는 경우에는 서둘러서 끊어주었으면 하고, 집의 경우라면 통화중이라도 다른 곳에서 걸려온 전화를 알려주는 서비스를 받는 것이 좋다.

전화보다 신선한 편지

전화는 요즘 인간관계에서 빼놓을 수 없는 도구이다. 헤어진 뒤에도 바로 전화를 걸어 긴 통화를 하는 것을 보면 용하다 싶게도 화제가 끊이지 않는다. 그것은 얼굴을 마주하고 말하기 어려운 이야기가 전화로는 가능한 경우도 있기 때문일 것이다. 그러나 전화를 이용할 때는 좀더 현명하게 이용하는 것이 좋다.

나는 축하나 위로할 일이 있을 때 주로 전보서비스를 이용한다. 그것은 갑자기 전화를 거는 것과 달리 상대방의 상황이 좋고 나쁨을 신경 쓰지 않아도 된다는 이점이 있다.

요즘 사람들은 편지를 쓰지 않는다고 하지만, '마음'을 전달하고 싶은 경우라면 오히려 편지를 권한다. 며칠 전에도 나는 20대 여성으로부터 펜으로 직접 쓴 편지를 받았다. 감동도 감동이지만 기억에 남는 편지였다.

사람들의 마음을 사로잡고 싶다면 그만큼의 노력이 필요하다.

무엇이든 전화로 일을 처리할 것이 아니라, 이따금은 편지를 이용해보는 것은 어떨까 싶다. 글씨를 못 쓰거나 글쓰기가 자신이 없다고 마음 쓸 필요는 없다. 글쓰기가 어렵다고 생각하는 것은 형식에 맞추어서 멋있게 쓰려고 하기 때문이다. 평소에 말하듯이 자연스럽게 써내려가는 것도 좋은 글이 된다. 마음에 드는 그림엽서를 가까이에 준비해두었다가 생각이 날 때 마음을 표현해보는 것도 좋지 않을까.

알아두어야 할 전화 매너

흔히 마음을 전달하는 데는 편지가 좋다고 말하지만 편리한 것으로 따지면 전화를 빼놓을 수 없다. 그렇기 때문에 무심결에 전화에 의지하게 된다. 하지만 자기 쪽의 형편에 맞추어서 일방적으로 전화를 거는 것은 삼가는 것이 좋다. 상대방의 형편을 알 수 없기 때문에 처음에 반드시 확인해보는 것이 좋다.

"지금 통화 괜찮으세요?"

만약 상대방이 괜찮다고 하면 그 땐 용건을 말해도 좋을 것이다. 외출준비를 하고 있거나 손님이 있다고 하면,

"죄송해요, 나중에 다시 걸게요."

라고 상대방을 배려해주는 마음씀씀이가 필요하다. 상대방이

통화할 여건이 되는지 확인하지도 않고 자신의 용건을 바로 말하는 사람들이 있지만, 그것은 결례다. 나는 그런 전화 때문에 약속에 늦을 뻔 했던 일이 한두 번이 아니다.

사소한 일이지만 그렇게 마음을 써주면 '이 사람은 뭔가 아는구나' 하는 생각을 갖게 할 수 있다. 아무리 친한 친구라도 그렇게 하는 것이 좋다.

또한 전화를 할 때는 상대방의 생활 습관을 생각해 보는 것도 필요하다. 예를 들면 아침을 늦게 시작하는 집에 아침 일찍 전화를 거는 일은 가능하면 피하는 것이 좋다.

나는 대개 밤 2시나 3시까지 깨어 있는 경우가 많기 때문에 아침 10시 무렵까지 자는 편이다. 그렇기 때문에 아침 8시에 전화가 걸려오면 하루 종일 기분이 좋지 않다. 잠이 덜 깬 목소리로 전화를 받기 때문에 전화를 끊은 뒤에도 신경이 쓰일 때가 있다. 나는 아침 일찍 전화가 걸려오면,

"미안해. 어제 밤늦게까지 일을 해서 아직 자고 있었어."라고 말한다.

"어머, 잠 깨워서 미안해. 나중에 다시 걸게."

라고 말하는 사람이 있는가 하면, 그래도 묵묵히 자신의 용건을 말하는 사람도 있다. 이쪽은 아직 꿈속에 있는데 행여나 생각

해야 할 이야기라도 늘어놓으면 머리가 아파진다.

시각을 다투는 급한 용건이라면 어쩔 수 없지만, 상대방이 전화를 받을 수 없는 상황이라는 것을 안 다음이라면 상대방의 형편에 맞추는 것이 옳다.

밤늦게 전화를 거는 경우도 마찬가지다. 우리는 밤늦게 걸려오는 전화는 오히려 환영하지만, 집집마다 생활 패턴이 다르기 때문에 일찍 자고 일찍 일어나는 집도 있을 것이다. 막 잠이 든 순간에 전화벨이 울려서 잠이 깨는 것만큼 불쾌한 일은 없다.

또한 전화는 그것을 사용하는 방법에 따라서 흉기가 되기도 한다. 당신도 경험이 있을지 모르겠다. 밤늦은 시간에 장난전화가 걸려 와서 신경이 곤두서는 경험은 누구나 한두 번은 있을 것이다. 그런 전화를 받고 나면 전혀 잠을 이룰 수가 없다.

나는 방송중에 친정집에 불이 났다는 전화를 받고 방송시간 내내 고심했던 적이 있다. 전화를 받은 것이 공교롭게도 생방송중이어서 방송이 끝나기를 기다려야 했다. 혹시나 하는 생각으로 경황없이 친정집으로 전화를 했지만 아무도 전화를 받지 않았다. 불안한 마음으로 다시 가까운 소방서에 전화를 걸고 나서야 그 전화가 장난전화라는 사실을 알았다.

요즘은 이런 악의적인 장난 전화가 빈번하다.

또한 전화로 상품구입을 권유하거나 아파트, 주식, 돈 등의 이자에 관한 안내 전화도 많다. 나는 처음부터 모두 거절한다. 조금이라도 마음이 있는 듯한 낌새만 보이면 몇 차례고 다시 전화를 걸거나 어떤 경우에는 집으로까지 찾아온다. 심지어 이런 수법으로 전화를 걸어서 사기를 치는 경우도 있다.

일본에서는 전화를 받을 때 예의를 갖추다보면 자신의 이름을 말하게 되지만, 요즘은 그것을 악용하는 사례도 적지 않다. 회사나 공적인 경우라면 전화를 받았을 때 바로 이름을 말해야 하지만, 특히 젊은 여자 혼자 사는 집이라면 절대로 이름을 말하지 않는 것이 좋다. 장난전화를 건 사람이 이름을 외우기라도 한다면 불안해서 마음을 놓을 수가 없다.

나는 전화를 받을 때 실례라고는 생각하지만, 나도 내 이름을 말하지 않는다. 상대방이 누구인지 확인한 뒤에 이름을 말한다. 그것도 나 자신의 생활을 지키는 기술이다. 그뿐 아니라 나는 자동응답기에도 내 이름을 사용하지 않고, 그 대신 자동적으로 사무실로 전화가 돌려지는 서비스를 받고 있다.

그렇게까지 신경질적으로 대처하지 않아도 되겠지만 혼자 사는 여성은 아무래도 신경을 쓸 필요가 있다.

전화를 지나치게 많이 거는 것도 생각해볼 문제다. 특별한 용건도 없이 매일 같이 늦은 시간에 전화를 거는 사람들이 있다. 그렇게 전화를 거는 것은 외롭기 때문이겠지만, 전화를 받는 쪽에서 보면 보통 곤혹스러운 일이 아니다.

"또 왔네."

"틀림없이 그 사람일거야."

라고 생각하고 결국에는 전화를 받지 않게 된다.

더욱이 전화를 받지 않을 경우 주의해야 할 것은 요즘 전화기의 감도가 아주 좋다는 사실이다. 들리지 않을 거라고 생각하고 무심코 한 말이 대부분 그대로 전달된다. 아무쪼록 실례가 되지 않도록 현명하게 사용하는 것이 좋다.

반대로 몇 번이나 전화를 걸었는데, 없다고 하는 경우에는 전화하는 것을 삼가는 것이 좋다. 전화를 받지 않는 것은 상대방에게 피해가 되거나 전화를 받고 싶지 않기 때문이다.

연인 사이라도 전화를 받지 않거나 전화 거는 횟수가 줄었다면 주의해야 한다. 상대방에게 무엇인가 변화가 있다는 증거이기 때문이다. 지나치게 집요하게 추궁하면 오히려 역효과가 난다. 이쪽이 전화를 하지 않으면 의외로 상대방도 신경을 써서 전화를 하는 경우가 많다. 사람의 심리는 그런 것이다.

해외여행의 효용에 대해서는 지금까지도 여러 차례 이야기했지만, 가장 좋은 점은 우선 전화가 걸려오지 않는다는 것이다. 요즘은 세계 어디를 가든 전화를 걸기 쉽지만 그래도 국내에서 거는 것만큼 간단하지는 않다. 나도 여행 중에는 대부분 내 쪽에서 먼저 전화를 걸지 않는다. 그런 점에서 보면 배로 하는 여행은 더 좋다. 전화가 걸려오지 않기 때문에 느긋하게 시간을 보낼 수 있다.

전화가 없는 생활이 얼마나 사람의 마음을 여유롭게 하고 느긋함을 주는지 모른다.

전화는 요즘 인간관계에서 빼놓을 수 없는 도구이다.
그러나 마음을 전달하고 싶은 경우라면 편지를 권하고 싶다.

자신 있게 '30대'를 맞기 위해

스물일곱 여덟 살이 여자의 승부처

한마디로 20대라고 해도 20대 전반과 후반은 의식이 전혀 다르다. 20대 전반은 아직 완전한 어른이라고 말하기 어려운 부분이 남아있고, 20대 후반은 30대를 눈앞에 둔 어른이다.

20대 후반의 나이쯤 되면 이미 결혼하여 어머니가 된 사람도 있다. 일을 계속하고 있다면 직장 선배의 위치에서 책임이 무거운 일을 하고 있을 것이다.

20대는 그만큼 변화가 심한 시기이다. 취업, 연애, 결혼 등 변화로 말하자면 어지러울 정도다.

고등학교를 졸업하고 바로 사회로 진출하는 경우와, 대학을 졸업하고 사회인이 되는 경우는 느낌에 다소 차이가 있다. 그러나 작은 차이는 있지만 스물다섯 살이 될 때까지는 누구나 바쁜 나날을 보낸다고 해도 좋을 것이다. 그 결과가 나오는 것이 스물일곱 여덟 살 즈음이다. 나는 이 때가 여자에게는 하나의 승부처라고 생각한다.

내 주위에 있는 사람들은 대부분이 매스컴과 관련된 직업에 종사하는 여성들인데, 대개의 경우 스물일곱 여덟 살 즈음에는 두각을 나타냈다. 그 전까지는 모두가 비슷한 수준이지만 그 곳에서 한발 앞서나오는 것이다. 그것은 그때까지의 생활에서 비롯된 결과라고 할 수 있다.

나 자신을 돌이켜 봐도 방송인으로서 활력이 넘치고 민영방송사에서 스카우트 제의가 들어온 것도 이 시기였다. 그것은 일을 시작하고 처음 맞는 전환기였다. 나는 그 때 무척 고심했다. 만약 그 시기에 민영방송사로 옮길 결심을 했다면 아마도 내 운명은 지금과 꽤 달라졌을 것이다.

하지만 민영방송사로 옮기는 것을 망설인 데는 두 가지 이유가 있었다. 하나는 글을 쓰고 싶다는 생각 때문이었다. 글 쓰는 일이 자신이 있었던 것은 아니지만 혼자서도 할 수 있는 일을 생각하고 있었고, 방송이라는 일이 특히 여성의 젊음을 요구한다는 부분도 무시할 수 없어서 언제까지고 방송 일을 계속하겠다는 마음은 생기지 않았다. 그때까지만 해도 방송 일에 적지 않게 미련이 있었다. 하지만 민영방송사로 옮긴다는 것은 방송 일을 계속한다는 것을 의미했다. 그런 문제가 정리되지 않은 불분명한 상태로 일을 계속했다면 아무리 열심히 했어도 성공하지 못하고 끝났을 것이다.

그 때 나는 세상의 이목이 두렵지 않았고 무서운 것이 없었다. 내 마음속에는 그래도 내 일을 해서 성공하고 싶다는 생각이 강했다.

그런 생각을 압도했던 것이 하나 더 있다. 솔직하게 고백하면 당시 내가 사랑에 빠져서 헤어나지 못하고 있던 상대의 말이었다. 그는 내 전직에 관심은 가져주었지만, 은근히 '엄마가 반대한다'는 표현을 쓰고 있었다.

당시에는 그와 함께 살아보고 싶다는 생각도 하고 있었다. 그 시기와 내가 직업상 맞은 전기가 얄궂게도 때를 같이 한 것이다. 나는 그가 일에 쫓겨서 늘 바쁜 나와 함께 하길 바라지 않는다는 것도 알고 있었다. 그렇기 때문에 '엄마가 반대한다'는 그의 말은 내가 홀로서기를 해서 더욱 바빠지는 것을 그가 바라지 않는다는 말로 들렸다. 방송국이라는 안전한 틀 안이라면 또 모를까 불안정한 환경에 놓이게 될 나를 염려했기 때문일 것이다.

그의 말에 약해진 나는 우는 심정으로 다음 기회를 기다려보기로 마음먹었다. 그 이유는 그와 함께 할 삶에 대한 기대가 컸기 때문이다.

그에게서 돌아오는 비행기 속에서 나는 혼자 결심했다. 이번에는 그냥 보내자고. 비행기는 구름 위를 날고 있었다.

최종적으로 결정한 것은 나다. 그렇기 때문에 책임은 모두 나에게 있다. 내가 나 자신의 판단이 아니라, 누군가의 판단이나 의견에 따른 것은 그 전이나 후나 그 때뿐이었다. 그만큼 나는 그 사람에게 빠져 있었다.

나는 나 자신의 판단으로 움직이지 않은 것을 후회했다. 적어도 내 일인데 일과 그 사람을 저울에 달고 만 것이다.

그 결과는 비참했다. 그 후로 일도 생각대로 풀리지 않았고, 그와의 관계도 거기에서 더 이상 진전이 없었다. 다음에 기회가 생겨서 방송국을 그만두고 열심히 뛰었지만, 그때는 이미 스물일곱 여덟 살 때 같은 힘이 내게는 없었다. 앞으로 방송을 해갈 수 있다는 생각도 절반쯤 상실한 상태였다.

그 모든 결과가 자신이 내려야 할 판단을 단 한번 다른 사람에게 미룬 결과라고 생각한다. 그렇게 한 것은 누구도 아닌, 바로 나 자신이다. 스스로 한 선택은 스스로 책임을 질 수밖에 없다.

이렇게까지 나에 대해 많은 이야기를 쓴 것은 스물일곱 여덟 살이 하나의 중요한 전환기라고 생각하기 때문이다. 그 때 무엇을 선택했는가에 따라서 그 사람의 인생의 궤도가 어느 정도 깔린다는 사실을 깨달았기 때문이다.

내 자신이 스물일곱 여덟 살에 맞은 전환기에 방송국 일에 내 인생을 걸 수 없었던 것은 내 속에 분명한 형태는 아니었지만 글을 쓰고 싶다는 생각이 있었기 때문이다. 그리고 다른 하나는 그와의 관계에 자신이 없었기 때문이다. 그리고 그것은 그 후 내 일의 궤도를 까는 계기가 되었다.

"빨리 아줌마가 되는 사람" "언제까지나 젊은 사람"–뭐가 다르지?

결혼해서 가정에 들어가든 일을 계속하든 어느 쪽이든 좋다. 다만 스물일곱 여덟 살이 되었을 때 스스로 자신의 삶에 책임을 질 수 있어야 한다. 전환기는 자기 나름대로 이겨내야 한다. 그곳에서 자신의 길이 열리기 때문이다. 단순히 일과 결혼의 문제가 아니다. 인생을 사는 자세가 스물일곱 여덟 살 무렵부터 서른 살쯤에 만들어진다.

'살림에 찌들었다'라는 말이 있다. 하루하루의 삶의 냄새가 몸에 밴 사람을 가리켜서 하는 말이다. 갑자기 아줌마가 될 것인가, 아니면 언제까지나 젊고 그 사람답게 살아갈 것인가. 그런 것도 이 시기에 궤도가 놓이면서 결정된다고 해도 과언이 아니다.

살림에 찌든 냄새가 난다는 것은 그 사람의 삶과 관련된 문제
다. 단순히 돈이 없거나 고생한다는 것과는 의미가 다르다. 살이
쪘기 때문도 아니고 아이들 일로 고생하기 때문도 아니다. 요컨대
젊어서부터 체면이 깎이는 것은 아닐까 하는 걱정만 해서 남의
눈만 의식하는 것은 중년이 되었을 때 살림에 찌든 아줌마가 되
는 길을 선택하는 것과 다를 바 없다.

스스로 결정하지 않고 다른 사람의 판단으로 산다면 언젠가는
얼굴과 몸에도 긴장감이 없고, 야무진 데라곤 찾아볼 수 없는 사
람이 된다. 누구도 그렇게 되고 싶지 않을 것이다. 언제까지고 젊
고 활기 있게 살고 싶다면 스스로 판단하는 강인함과 결단력을
가져야 한다. 그것이 자신의 얼굴과 몸에 긴장을 주고 자신감을
갖게 한다. 필요한 것은 긴장감을 계속 유지하는 것이다.

세상을 너무나 잘 알아서 세상과 타협하는 것도 좋은 일은 아
니다. 흔히 '저 사람은 요즘 많이 둥글둥글해졌어.'라는 말을 하지
만, 둥글어졌다는 것은 결코 좋은 일만은 아니라고 나는 생각한
다. 무슨 일에든 반대해서 인간관계가 엉망이 되는 것은 분명히
문제이고, 가능하면 유연한 것이 좋다. 하지만 사람들에게 어떻게
하면 호감을 살까, 하는 생각만 하고 다른 사람의 눈만 의식한다
면 모든 것을 다른 사람의 기준에 맞추어 살기 때문에 그런 삶 속

에서는 스스로 생각하는 습관이나 자신을 바라보는 눈이 길러지지 않는다.

20대에 둥글둥글해지는 것은 아직 너무 이르다. 40대나 50대가 되면 싫어도 둥글둥글해지기 때문에 너무 일찍부터 둥글해지려고 생각할 필요는 없다. 오히려 둥글해지지 않으려고 노력하는 것이 중요하다.

스물일곱 여덟 살 정도가 되어 세상일에 눈뜨기 시작하면 세상의 상식에 끌려가기도 한다. 그럴 때 그것에 반발하거나 저항하는 마음을 잃어선 안 된다. 세상일에 대해 저항하거나 반발하는 부분이 어느 정도 남아있는가, 하는 것도 젊음을 판단하는 하나의 기준이 된다. 그것이야말로 젊음을 측정하는 바로미터다.

젊을 때 특히 20대 전반에는 40대나 50대 세대가 하는 말에 반발심을 느끼는 일이 많다. 부모님이나 친척들이 말하는 상식론에 반대했던 경험이 누구나 한두 번은 있을 것이다. 삶에 찌든 냄새를 물씬 풍기면서 수치심은커녕 다른 사람의 눈도 의식하지 않는 중년의 아줌마를 보고 그렇게 되고 싶지 않다고 생각한 일도 있을 것이다.

그렇다면 지금이 중요하다. 20대 후반을 어떻게 살고 어떻게 30대를 맞을 것인가. 그 생각으로 당신 앞에 놓인 삶이 결정된다고 해도 과언이 아니다. 자칫 잘못하면 당신이 끔찍하게도 되고 싶어 하지 않는 아줌마가 될 수도 있다.

젊음이란 말할 것도 없이 나이를 말하는 것이 아니다. 그 사람의 삶을 말하는 것이다. 쉰 살과 예순 살을 훌쩍 넘기고도 젊다는 말을 듣는 사람은 자신만의 삶을 제대로 갖고 있다. 어딘지 모르게 의연하고 어깨에 힘이 들어가 있다.

유연하고 건강할 때 반드시 해두어야 할 일

자기만의 삶을 만들어가는 것은 몇 살이 되든 늦지 않는다. 하지만 나이를 먹을수록 어려워지는 것이 사실이다.

20대에 기초가 만들어지면 그만큼 고생하지 않고 30대와 40대를 지날 수 있다.

생각해보면 내 경우도 그 모든 기초는 20대에 만들어졌다. 나는 그때 열심히 일하고 열심히 살려고 노력했었다. 그 결과가 30대와 40대 그리고 그것이 현재까지 이어지고 있는 것이다.

만약 20대에 그렇게 열심히 하지 않았다면 지금처럼 자유롭게 살지 못했을 것이다.

싫다는 생각과 괴로운 일들을 참고 열심히 노력한 결과는 시간이 흐른 뒤에 반드시 나타난다. 젊다는 것은 그것을 견뎌낼 수 있다는 말이다. 조금 잠을 못자더라도 열심히 할 수 있고 가혹한 조건도 이겨낼 수 있다. 육체적으로 감당해낼 수 있을 때 열심히 해둘 것을 권한다.

나는 지금의 나 자신이 과거의 나 자신과 비교해서 정신적으로 뒤떨어졌다고 생각하지 않는다. 오히려 정신적인 면에서는 20대 때보다 더욱 자신이 있다고 말할 수 있다. 하지만 육체적으로 보면 확실히 약해졌다. 안타깝지만 그것만큼은 젊은 시절로 되돌릴 수가 없다.

이전에는 하루 정도 잠을 안 자더라도 아무렇지도 않았지만, 요즘은 철야를 하고나면 다음 날은 무척 힘들다. 여기가 아프고 저기가 쑤셔서 개운하지 않다.

그리고 20대 때와 가장 큰 차이가 나는 것은 주량이다. 젊었을 때는 '아라타의 이무기'로 통하기도 했지만 지금은 그 때만큼 잘 마시지 못한다. 과음하고 나면 다음날 숙취로 고생하기 때문에 주의하고 있다. 지인의 말에 따르면 그런 과정을 거치면 다시 마실 수 있게 된다고 하지만 사실인지는 모르겠다.

분명히 늙어가고 있는 것이다. 육체적인 조건만큼은 젊을 때와 전혀 다르다. 그렇기 때문에 나이가 들어 열심히 할 수 없을 때 하려고 하기보다는 20대에 가능한 열심히 일하길 권한다.

미국의 여성들 가운데서 기업의 경영인을 조사해보니, 20대에는 한눈팔지 않고 일에 매달려서 어떻게 해서든 실력을 키우고 30대가 된 후에 결혼하거나 남자친구와 동거를 시작하는 경우가 많았다고 한다. 그런가하면 서른 살을 넘어서까지도 일만 하는 사람은 오히려 더 이상 발전하지 못했다. 그 이유는 마음의 여유가 없기 때문이다. 아무튼 20대에 기초를 다지고 30대가 된 후에는 연애를 하거나 결혼을 해서 주변을 돌아보는 여유를 가지는 사람이 발전한다는 것을 알 수 있다.

조사결과는 타당성이 있어 보인다. 20대에 뭔가 한 가지 일에 푹 빠져서 열심히 하지 않고, 여행이나 연애, 일 등 이것저것을 적당히 해서는 만족할 만한 결과를 얻기는 어렵다. 20대를 자신의 삶의 토대를 만들기 위해 모색하면서 보내느냐, 단지 즐기기만 하느냐, 그 결과가 30대가 된 후에 나타난다.

30대가 되면 대부분 내성적이 된다. 30대는 자신의 마음과 마주하는 시기다. 20대처럼 들뜬 기분으로 가볍게 살아지지 않는다.

나는 이 책을 쓰기에 앞서 30대 여성을 주제로 한 책을 썼다. 나는 그 책에서 "30대는 자신의 마음과 마주하고 진짜 자신이 출발하는 시기다" 라고 썼다. 자신에게 주어진 기회와 당당하게 맞서서 꾸밈없는 참된 의미의 홀로서기를 하는 시기에, 당신은 자신과 마주하고 어떤 생각을 하게 될까. 뒤늦게 후회나 불평만 늘어놓아서는 너무나 한심하다. 출발할 토대가 만들어져 있는지 분명하게 자신의 마음을 확인해보자. 그것은 20대를 어떻게 보내는가에 달려 있다.

부디 자신의 인생에 책임감을 갖고 살아가길 바란다. 그리고 자기 자신을 좀더 사랑했으면 한다. 당신은 이 세상에 단 한 사람뿐이다. 다른 사람을 흉내 내서 자신을 소홀히 해서는 안 되는 존재다. 당신이 살아 있는 시간, 게다가 젊은 귀중한 시간을 열심히 살았으면 하는 마음이다.

자기 자신을 소중하게 여기는 사람은 다른 사람도 소중하게 생각한다. 사람들이 그들 나름대로 삶의 장(場)에서 열심히 사는 모습을 존중하자. 자기 자신을 돌아보면 타인에 대해서도 배려할 수 있는 마음을 가질 수 있고 타인을 존중하며 살 수 있다. 당신이 30대에 타인을 돌아보는 여유를 가질 수 있느냐 없느냐는 당신의 20대의 삶에 달려 있다.